Learn Spanish Reading Mexican Myths & Legends

By Joaquín de la Sierra

"Learning a language is not just about mastering grammar and vocabulary, but about understanding and embracing a culture, about bridging the gap between different ways of life and finding common ground. It is a journey of self-discovery and personal growth, a way of expanding one's perspective and enriching one's soul."

~Joaquin de la Sierra
Founder of Motmot.org

Contents

The Parley Method

The Parley Method is designed to be more fun and natural. Specifically, it is designed to teach languages the way people learn naturally: through stories and conversations. The six pillars of the Parley Method are as follows:

P - **Passionate**. Passionate storytelling to captivate students

A - **Access**. Access to diverse cultural perspectives and experiences.

R - **Rich historical context**. A rich historical and cultural context for contextualizing language learning.

L - **Lifelike conversation practice.** Realistic conversation practice to improve reading, writing, speaking and listening skills in realistic settings.

E - **Engaging.** Engaging multimedia elements to enhance the learning experience.

Y - **Youthful**. Youthful and innovative approach to language learning through conversational immersion.

Companion Materials

This book contains one of the easiest ways to learn Spanish: reading stories and conversations.

By repeatedly reading this content, you will not only learn vocabulary and grammar, but you will also practice your listening comprehension.

To achieve this, we provide you with the narration of the book, which you can download from our website:

or

https://motmot.org/51

Introduction

Welcome to your Spanish learning journey!

Learning a new language can be a challenging yet rewarding experience. Not only will you be able to communicate with a wider audience, but you'll also gain new perspectives and cultural experiences.

I am grateful that you have chosen this book as your guide on your Spanish learning journey. Whether you are a beginner or have some prior knowledge, this book will provide you with the tools you need to improve your Spanish skills.

To make the most of this book, I recommend the following steps:

- First and foremost, it is important to read slowly and without pressure. This will help you to internalize the information and absorb it at a comfortable pace. Take your time, and don't worry about moving too slowly. The goal is to understand and retain the information, not to speed through it.
- Next, using external materials, such as a dictionary, and keeping notes is recommended. This will help you to understand the language further and to have a reference for future use. Keeping notes will also help you to track your progress.
- Visualization can also be a powerful tool in learning a new language. Try to visualize the words and phrases in your mind and imagine yourself speaking them. This will help you to remember the words and to recall them more easily.
- Memorization is also a crucial component of learning Spanish. Practice memorizing the words and phrases throughout the day, not just when you are reading the book. Try to incorporate the new information into your daily life as much as possible.
- The included audios are also a valuable resource for learning Spanish. By scanning the QR code at the beginning of the book, you can access the audio files and practice your pronunciation. Remember that listening not only helps with pronunciation, but will

also help you memorize.

- Try writing what you learned. Writing in Spanish can help you solidify your grammar and vocabulary skills. Keep a journal in Spanish, write emails to language partners, or write about your daily experiences in Spanish.

- To make the most of the multiple-answer section, follow these steps:

  1. Read each question carefully: The questions in this section are only written in Spanish, so it's important to read each one carefully and understand what is being asked. Even if you're not sure about the meaning, try your best first. It's alright to struggle.

  2. Use resources at your disposal: If you're unsure of a word or phrase, use a dictionary or other resource to help you understand the question.

  3. Check your understanding with the summary: After answering the questions, take a moment to review the summary that follows. This will help you to understand the key points and reinforce your knowledge of the material.

- Finally, immerse yourself in the Spanish language as much as possible. This can be done by watching Spanish movies or TV shows, listening to Spanish music, or speaking with native Spanish speakers. The more you are surrounded by the language, the faster you will learn and the easier it will become to recall and use what you have learned.

As the famous quote goes, "Repetition is the mother of mastery." The more you practice what you've learned, the closer you'll get to master the Spanish language. So, don't get discouraged if things seem challenging at first. The key is to keep practicing and repeating what you've learned.

With time and dedication, you'll find that your Spanish skills will improve, and you'll be speaking fluently in no time! Thank you again for purchasing this book!

The Alley of the Kiss

El callejón del beso

Guanajuato is a stunning city in the middle of Mexico. It's known for its colorful buildings and rich history.

One spot in Guanajuato that everyone should visit is the Alley of the Kiss. This alley is famous because it's very narrow, with walls that are only about one meter apart.

Once upon a time, there was a young and loving girl named Carmen. She lived with her strict father who ruled her life with an iron fist. On the other hand, there was Carlos, a handsome and humble young man who worked hard to provide for his family.

One day, Carmen and Carlos met by chance and they instantly fell in love with each other.

From that day on, Carlos would stand under Carmen's balcony and she would always respond with a smile. They communicated with each other through gestures and glances for weeks until they finally started talking. As time went by, their relationship grew stronger and they started making plans for their future together.

Carmen's Father: "Carmen, I've heard about your secret meetings with that boy. I will not allow it! If this continues, I'll send you to a convent."

Carmen: "But father, I love him. Can't you see that he's a good man?"

Carmen's Father: "Love? He's a poor miner; just like his father. No daughter of mine will defy me. You will do as I say, or the convent it is."

Despite the danger, Carmen and Carlos decided to continue their relationship in secret. Carlos rented a room facing Carmen's house so that they could talk to each other from their balconies.

One day, Carmen's father caught them kissing from their balconies and he was filled with anger. In a fit of rage, he plunged

Guanajuato es una ciudad impresionante en el centro de México. Es conocida por sus edificios coloridos y rica historia.

Un lugar en Guanajuato que todos deberían visitar es el Callejón del Beso. Este especial es famoso porque es muy estrecho, con paredes que están a solo aproximadamente 1 metro de distancia.

Érase una vez una chica joven y cariñosa llamada Carmen. Vivía con su estricto padre, que gobernaba su vida con puño de hierro. Por otro lado, estaba Carlos, un joven apuesto y humilde que trabajaba duro para mantener a su familia.

Un día, Carmen y Carlos se encontraron por casualidad y se enamoraron al instante.

Desde aquel día, Carlos se ponía bajo el balcón de Carmen y ella siempre le respondía con una sonrisa. Durante semanas se comunicaron mediante gestos y miradas, hasta que por fin empezaron a hablar. Con el paso del tiempo, su relación se hizo más fuerte y empezaron a hacer planes para su futuro juntos.

Padre de Carmen: «Carmen, me he enterado de tus encuentros secretos con ese muchacho. ¡No lo permitiré! Si esto continúa, te enviaré a un convento.»

Carmen: «Pero padre, yo lo amo. ¿No puedes ver que es un buen hombre?»

Padre de Carmen: «¿Amor? Es un minero pobre; igual que su padre. Ninguna hija mía me desafiará. Harás lo que yo diga, o al convento irás.»

A pesar del peligro, Carmen y Carlos decidieron continuar su relación en secreto. Carlos alquiló una habitación frente a la casa de Carmen para que pudieran hablar entre ellos desde sus balcones.

Un día, el padre de Carmen los sorprendió besándose desde sus balcones y se llenó de ira. En un arrebato de ira, clavó una daga

a dagger into Carmen's heart and took her life. This place later became known as the Kissing Alley.

The Kissing Alley is now a place of legend and is said to be haunted by the spirits of Carmen and Carlos. People who visit the alley often report feeling a strong presence of love and passion, as if the spirits of the young couple are still alive and in love.

The legend of Carmen and Carlos continues to capture the hearts of many people. It is a story of love that transcends time and death, a tale of two young people who were willing to risk everything to be together. Even though they were separated by their cruel fate, their love still lives on in the Alley of the Kiss.

Today, the Alley of the Kiss is a popular tourist destination, attracting visitors from all over the world who come to see the site of this tragic but romantic story. It is a reminder of the power of love and the lengths that people will go to be with the ones they love.

In this book, dialogue and quotations are marked with Latin quotation marks, « and », diverging from the double quotes typically used in English. While this is a standard practice in formal Spanish writing, it's worth noting that regular quotes like those in English are frequently adopted in informal contexts.

en el corazón de Carmen y le quitó la vida. Este lugar después se conoció como el Callejón del Beso.

El Callejón del Beso es ahora un lugar de leyenda y se dice que está embrujado por los espíritus de Carmen y Carlos. Las personas que visitan el callejón dicen sentir a menudo una fuerte presencia de amor y pasión, como si los espíritus de la joven pareja siguieran vivos y enamorados.

La leyenda de Carmen y Carlos sigue cautivando los corazones de muchas personas. Es una historia de amor que trasciende el tiempo y la muerte, una historia de dos jóvenes que estaban dispuestos a arriesgarlo todo para estar juntos. Aunque el cruel destino los separó, su amor sigue vivo en el Callejón del Beso.

Hoy en día, el Callejón del Beso es un popular destino turístico, que atrae a visitantes de todo el mundo que vienen a ver el lugar de esta trágica pero romántica historia. Es un recordatorio de la fuerza del amor y de hasta dónde puede llegar la gente para estar con los que aman.

En este libro, los diálogos y citas están marcados con comillas latinas, « y », en lugar de las comillas dobles típicamente usadas en inglés. Aunque esta es una práctica estándar en la escritura formal en español, vale la pena señalar que las comillas regulares, como las utilizadas en inglés, son frecuentemente adoptadas en contextos informales.

Vocabulary/Vocabulario

Amor (ah-MOHR) - Love

» Carmen y Carlos se aman.

» Carmen and Carlos love each other.

Vez (vehs) - Time

» Había una vez una chica joven y amorosa llamada Carmen.

» Once upon a time there was a young and loving girl named Carmen.

Padre (PAH-dreh) - Father

» El padre de Carmen es estricto.

» Carmen's father is strict.

Mano (MAH-noh) - Hand

» El padre de Carmen gobierna su vida con mano de hierro.

» Carmen's father rules her life with an iron fist.

Hombre (OHM-breh) - Man

» Carlos es un hombre apuesto y humilde.

» Carlos is a handsome and humble man.

Familia (fah-MEE-lee-ah) - Family

» Carlos trabaja duro para proveer a su familia.

» Carlos works hard to provide for his family.

Casualidad - (kah-soo-ah-lee-DAD) - Chance

» Carmen y Carlos se conocieron por casualidad.

» Carmen and Carlos met by chance.

»

Balcón (bahl-KOHN) - Balcony

» Carlos se paraba debajo del balcón de Carmen.

» Carlos stood under Carmen's balcony.

Gesto (HEH-stoh) - Gesture

» Ellos se comunicaban con gestos y miradas.

» They communicated with gestures and glances.

Plan (PLAHN) - Plan

» Hacían planes para su futuro juntos.

» They started making plans for their future together.

Convento (kohn-VEHN-toh) - Convent

» El padre de Carmen la amenazó con encerrarla en un convento.

» Carmen's father threatened to lock her away in a convent.

Alquilar - (ahl-kee-LAHR) - Rent

» Carlos alquiló una habitación frente a la casa de Carmen.

» Carlos rented a room facing Carmen's house.

Daga (DAH-gah) - Dagger

» El padre de Carmen clavó una daga en el corazón de Carmen.

» Carmen's father plunged a dagger into Carmen's heart.

Callejón (kah-yeh-HOHN) - Alley

» El Callejón del Beso es ahora un lugar de leyenda.

» The Callejón del Beso is now a place of legend.

Espíritu (es-PEER-ee-too) - Spirit

» Se dice que el Callejón del Beso está habitado por los espíritus de Carmen y Carlos.

» It is said that the Callejón del Beso is haunted by the spirits of Carmen and Carlos.

Questions/Preguntas

1. ¿Quién era Carmen en la leyenda?

A. Una joven hermosa

B. Un apuesto galán

C. El padre de la joven

2. ¿Cómo se conocieron Carmen y Carlos?

A. Por casualidad

B. En una fiesta

C. En el trabajo

3. ¿Qué hacía Carlos debajo del balcón de Carmen?

A. La miraba con amor

B. Le cantaba canciones

C. La esperaba para hablar

4. ¿Cómo reaccionó el padre de Carmen cuando supo de su relación con Carlos?

A. Les dejó estar juntos

B. Les amenazó con separarlos

C. Les apoyó en su amor

5. ¿Qué sucedió cuando el padre de Carmen los vio besándose?

A. Los bendijo

B. Los perdonó

C. Mató a Carmen

Answers/Respuestas

1. A
2. A
3. A
4. B
5. C

Summary/Resumen

En un pequeño pueblo, había una chica llamada Carmen y un chico llamado Carlos. Se enamoraron a primera vista. Al estricto padre de Carmen no le gustaba su relación. A pesar de esto, se encontraban en secreto y conversaban desde sus balcones. Un día, el padre de Carmen los sorprendió y mató a Carmen. Su historia de amor se convirtió en una leyenda y el lugar donde se encontraban, el Callejón del Beso, ahora es famoso. La gente lo visita para recordar su historia de amor, que muestra cuán fuerte puede ser el amor.

In a small town, there was a girl named Carmen and a boy named Carlos. They fell in love at first sight. Carmen's strict father didn't like their relationship. Despite this, they secretly met and talked from their balconies. One day, Carmen's father caught them and killed Carmen. Their love story became a legend, and the place where they met, the Alley of the Kiss, is now famous. People visit it to remember their love story, which shows how strong love can be.

The Weeping Lady

La Llorona

The Weeping Lady is a haunting tale that resonates deeply in Mexican culture, particularly in the area of Xochimilco, in Mexico City, known for its ancient canals and floating gardens.

What makes this tale even more chilling is its Pre-Columbian origins. By the time the Spanish arrived in Mexico, the legend of the Weeping Lady was already widespread.

The haunting lines from a popular song pay homage to her: "You were leaving a temple one day, Weeping Lady, when I saw you pass by..." Her legacy managed endure through codices and historical records. These documents occasionally describe her as a goddess, a heartbroken woman, or someone who lost her reason. The legend was later adapted, or perhaps twisted, into a narrative that reflects the blending of cultures.

According to the legend, during the early days of the Spanish crown, the story narrates the tale of Maria, a beautiful, indigenous, and humble woman who fell deeply in love with a wealthy Spanish man. Together, they had two children. However, as time passed, the man's affection for Maria cooled, and he left her to marry another woman from his own social class.

Heartbroken and rejected, Maria became consumed by a mixture of rage and profound sadness. In a moment of utter despair, she took her children to a river and drowned them. When the veil of madness lifted and she realized what she had done, her sorrow was unbearable.

According to the legend, La Llorona's ghost is doomed to wander the earth, trapped between the living world and the spirit world, searching for her children. It is said that her cries bring misfortune to those who hear them, and seeing her is an omen of death. "Oh, my children... oh, my beloved children..." Parents often use this story to caution their children against wandering out late at night.

La Llorona es una historia escalofriante que resuena profundamente en la cultura mexicana, especialmente en el área de Xochimilco, en la Ciudad de México, conocida por sus antiguos canales y jardines flotantes.

Lo que hace esta historia aún más escalofriante son sus orígenes precolombinos. Para cuando los españoles llegaron a México, la leyenda de la Llorona ya estaba muy difundida.

Las inquietantes líneas de una canción popular le rinden homenaje: "Salías de un templo un día, Llorona, cuando al pasar yo te vi..." Su legado logró perdurar a través de códices y registros históricos. Estos documentos la describen ocasionalmente como una diosa, una mujer con el corazón roto o alguien que perdió la razón. La leyenda fue adaptada más tarde, o quizás distorsionada, en un relato que refleja la mezcla de culturas.

Según la leyenda, durante los primeros días de la corona española, la historia narra el cuento de María, una mujer hermosa, indígena y humilde que se enamoró profundamente de un hombre español adinerado. Juntos, tuvieron dos hijos. Sin embargo, con el tiempo, el afecto del hombre por María se enfrió, y la dejó para casarse con otra mujer de su propia clase social.

Con el corazón roto y rechazada, María se consumió en una mezcla de ira y profunda tristeza. En un momento de desesperación absoluta, llevó a sus hijos a un río y los ahogó. Cuando se levantó el velo de la locura y se dio cuenta de lo que había hecho, su dolor era insoportable.

Según la leyenda, el fantasma de La Llorona está condenado a vagar por la tierra, atrapado entre el mundo de los vivos y el mundo espiritual, buscando a sus hijos. Se dice que sus llantos traen desgracia a quienes los escuchan, y verla es un presagio de muerte. "Oh, mis hijos... oh, mis queridos hijos..." Los padres a menudo usan esta historia para advertir a sus hijos contra salir tarde en la noche.

La Llorona is said to be dressed in a long white gown, her face veiled in sorrow and tears that never end. Some versions of the legend suggest she kidnaps wandering children or those who misbehave, mistaking them for her own. She then drowns them, hoping they will restore her children to her, but they never do, and her search continues in eternity.

People in Xochimilco feel scared and curious about her. They talk about seeing her near the water or in the streets when it's dark. Despite the frightening story of The Weeping Lady, many people in Xochimilco consider her to be a symbol of love, loss, and regret. Some say that her spirit still haunts the city because she is seeking redemption for her terrible act. Others believe that she is simply searching for peace and the chance to be reunited with her children.

The legend of La Llorona has become a popular folktale in Mexico and has been passed down from generation to generation. It is often told around campfires on dark and stormy nights, and many children grow up hearing the story and feeling both afraid and fascinated by the ghostly figure.

Today, La Llorona is still a popular topic in Xochimilco, and many people visit the city specifically to hear the story of the Weeping Woman. Some say that if you listen closely on quiet nights, you can still hear her wail echoing through the streets.

Se dice que La Llorona viste un largo vestido blanco, su rostro velado en tristeza y lágrimas que nunca terminan. Algunas versiones de la leyenda sugieren que secuestra a los niños que vagan o a los que se portan mal, confundiéndolos con los suyos. Luego los ahoga, esperando que le devuelvan a sus hijos, pero nunca lo hacen, y su búsqueda continúa en la eternidad.

La gente en Xochimilco siente miedo y curiosidad por ella. Hablan de verla cerca del agua o en las calles cuando está oscuro. A pesar de la aterradora historia de La Llorona, muchas personas en Xochimilco la consideran un símbolo de amor, pérdida y arrepentimiento. Algunos dicen que su espíritu aún atormenta la ciudad porque busca redención por su terrible acto. Otros creen que simplemente busca paz y la oportunidad de reunirse con sus hijos.

La leyenda de La Llorona se ha convertido en un cuento folclórico popular en México y se ha transmitido de generación en generación. A menudo se cuenta alrededor de fogatas en noches oscuras y tormentosas, y muchos niños crecen escuchando la historia y sintiéndose a la vez asustados y fascinados por la figura espectral.

Hoy, La Llorona sigue siendo un tema popular en Xochimilco, y muchas personas visitan la ciudad específicamente para escuchar la historia de la Mujer Llorona. Algunos dicen que si escuchas atentamente en noches tranquilas, todavía puedes oír su lamento resonando por las calles.

Vocabulary/Vocabulario

Popular (poh-poo-LAHR) - Popular

» El cuento de la Llorona se ha convertido en una leyenda popular.

» The tale of La Llorona has become a popular legend.

Transmitir (trans-meeh-TEEHR) - To transmit

» La leyenda de la Llorona se ha transmitido de generación en generación.

» The legend of La Llorona has been passed down from generation to generation.

Generaciones (he-neh-rah-SYO-nes) - Generations

» La historia de la Llorona se ha transmitido durante varias generaciones.

» The story of La Llorona has been passed down for several generations.

Ciudad (syu-DAD) - City

» Xochimilco es una ciudad donde se conoce la leyenda de la Llorona.

» Xochimilco is a city where the legend of the Llorona is known.

Hace (AH-seh) - Ago

» Hace muchos años, una mujer vestida de blanco apareció en las calles.

» Many years ago, a woman dressed in white appeared on the streets.

Llorando (yoh-RHAN-doh) - Crying

» La mujer vestida de blanco apareció llorando por sus hijos.

» The woman dressed in white appeared crying for her children.

Habitantes (ah-bee-TAHN-tehs) - Inhabitants

» Los habitantes de la ciudad supieron rápidamente que se trataba de una mujer pobre.

» The townspeople quickly learned that she was a poor woman.

Dolor (doh-LHOR) - Pain

» Vencida por el dolor y la desesperación, se dice que la mujer ahogó a sus hijos.

» Overcome by grief and despair, the woman is said to have drowned her children.

Desesperación (deh-sehs-peh-rah-see-OHN) - Desperation

» Vencida por la desesperación, se dice que la mujer se quitó la vida.

» Overcome by despair, the woman is said to have taken her own life.

Arrepentimiento (ah-reh-pehn-tee-MYEN-toh) - Regret

» Su corazón estaba lleno de arrepentimiento y no podía soportar vivir con la culpa.

» His heart was full of regret and he could not bear to live with the guilt.

Espíritu (es-PEER-ee-too) - Spirit

» Se dice que su espíritu vaga por las calles de Xochimilco desde entonces.

» It is said that his spirit has been roaming the streets of Xochimilco ever since.

Deambulando (deh-ahm-boo-LAHN-doh) - Roaming

» Muchas personas afirman haber visto su figura fantasmal deambulando por la ciudad.

» Many people claim to have seen her ghostly figure wandering around the city.

Vestido (vehs-TEE-doh) - Dress

» La figura fantasma vistiendo un vestido blanco.

» The phantom figure wearing a white dress.

Lamento (lah-MEN-toh) - Wail

» Su inquietante lamento llenando el aire.

» Her haunting wail filling the air.

Questions/Preguntas

1. ¿Quién es La Llorona?

A. Es un hombre que abandonó a su familia.

B. Es un espíritu trágico que busca a sus hijos.

C. Es una mujer que se viste de blanco y llora por las calles de Xochimilco.

2. ¿Por qué La Llorona está triste?

A. Porque su amor la abandonó.

B. Porque sus hijos no la quieren.

C. Porque su vida es llena de dolor y desesperación.

3. ¿Qué sucede en Xochimilco?

A. La Llorona aparece en la noche y vaga por la ciudad.

B. La ciudad está llena de alegría y felicidad.

C. La gente de la ciudad se reunen para celebrar.

4. ¿Cómo se sienten los habitantes de Xochimilco acerca de La Llorona?

A. La aman y la ven como una protectora.

B. Les da miedo y evitan salir en la noche.

C. No le dan importancia.

5. ¿Según el relato, qué se puede escuchar aún en Xochimilco?

A. El llanto desgarrador de La Llorona.

B. Cánticos de felicidad.

C. El sonido de los animales de la naturaleza.

Answers/Respuestas

1. C
2. A
3. A
4. B
5. A

Summary/Resumen

La leyenda de La Llorona es un cuento popular que se ha transmitido de generación en generación en la ciudad de Xochimilco, México. Se dice que hace muchos años, una mujer pobre sufrió mucho a manos de un hombre que la abandonó. Vencida por el dolor y la desesperación, se dice que la mujer ahogó a sus hijos en un río y luego se quitó la vida. Desde entonces, su espíritu se dice que vaga por las calles de Xochimilco buscando a sus hijos y lamentando su trágica pérdida. Muchas personas afirman haber visto su figura fantasmal por la noche, deambulando por la ciudad con su vestido blanco y su inquietante lamento llenando el aire.

The legend of La Llorona is a folk tale that has been passed down from generation to generation in the city of Xochimilco, Mexico. It is said that many years ago, a poor woman suffered greatly at the hands of a man who abandoned her. Overcome by pain and despair, it is said that the woman drowned her children in a river and then took her own life. Since then, her spirit is said to roam the streets of Xochimilco searching for her children and mourning her tragic loss. Many people claim to have seen her ghostly figure at night, wandering through the city in her white dress, with her haunting wail filling the air.

Sac Nicté

Sac Nicté

Legend has it that during a time of great peace and prosperity in the ancient Maya culture, there was a beautiful princess named Sac-Nicté. She lived in the city of Mayapán, ruled by her father, the king. Meanwhile, in Chichén Itzá, a young prince named Canek had just become king at the young age of 21. When Canek first laid eyes on the princess, he knew that they were destined to be together forever.

However, Sac-Nicté's father had other plans. He had promised her hand in marriage to Ulil, a sub-heir to the kingdom of Uxmal. The wedding was set to take place in just 37 days. When Prince Canek received the invitation, he replied that he would not miss it for the world. That same night, an old dwarf visited him and whispered the cryptic message "the white flower is waiting for you among the green leaves". This was enough to spur Canek into action.

The day of the wedding arrived and the city of Uxmal was decorated in grand style to celebrate the occasion. But just as Sac-Nicté was about to be married to Ulil, Prince Canek appeared with his warriors and took the princess away before everyone's eyes. This was the end of the peace between the cities and Uxmal and Mayapán declared war on Chichén Itzá.

Before the war broke out, the people of Chichén Itzá decided to take matters into their own hands. They set out one night by moonlight to save their city. When the enemies of Uxmal and Mayapán arrived, they found the city completely deserted. In a fit of rage, they burned the city to the ground.

Since that fateful day, the city of Chichén Itzá has remained abandoned, its ruins a testament to the love story of Prince Canek and Princess Sac-Nicté. Though the city may be in ruins, the legend of their love lives on, and their story continues to captivate the imagination of people to this day.

This is a tale of love and war, of adventure and bravery, of two

Cuenta la leyenda que durante una época de gran paz y prosperidad en la antigua cultura maya, había una hermosa princesa llamada Sac-Nicté. Vivía en la ciudad de Mayapán, gobernada por su padre, el rey. Mientras tanto, en Chichén Itzá, un joven príncipe llamado Canek acababa de convertirse en rey a la temprana edad de 21 años. Cuando Canek vio por primera vez a la princesa, supo que estaban destinados a estar juntos para siempre.

Sin embargo, el padre de Sac-Nicté tenía otros planes. Había prometido su mano en matrimonio a Ulil, un subheredero del reino de Uxmal. La boda iba a celebrarse en sólo 37 días. Cuando el príncipe Canek recibió la invitación, respondió que no se la perdería por nada del mundo. Esa misma noche, un viejo enano le visitó y le susurró el críptico mensaje "la flor blanca te espera entre las hojas verdes". Esto bastó para incitar a Canek a la acción.

Llegó el día de la boda y la ciudad de Uxmal se engalanó a lo grande para celebrar la ocasión. Pero justo cuando Sac-Nicté estaba a punto de casarse con Ulil, apareció el príncipe Canek con sus guerreros y se llevó a la princesa ante los ojos de todos. Fue el fin de la paz entre las ciudades y Uxmal y Mayapán declararon la guerra a Chichén Itzá.

Antes de que estallara la guerra, los habitantes de Chichén Itzá decidieron tomar cartas en el asunto. Salieron una noche a la luz de la luna para salvar su ciudad. Cuando llegaron los enemigos de Uxmal y Mayapán, encontraron la ciudad completamente desierta. En un arrebato de ira, quemaron la ciudad hasta los cimientos.

Desde aquel fatídico día, la ciudad de Chichén Itzá ha permanecido abandonada, sus ruinas son un testimonio de la historia de amor del príncipe Canek y la princesa Sac-Nicté. Aunque la ciudad esté en ruinas, la leyenda de su amor sigue viva, y su historia continúa cautivando la imaginación de la gente hasta el día de hoy.

Es una historia de amor y guerra, de aventura y valentía, de dos

people who were willing to risk everything to be together. It is a story of a time when peace and prosperity reigned, and of a time when war and destruction came to the fore. Though the city may be long gone, the legend of Sac-Nicté and Prince Canek will live on forever.

So next time you find yourself in the vicinity of the ancient ruins of Chichén Itzá, take a moment to remember this exciting and engaging tale of love and adventure, a tale that has been passed down from generation to generation for centuries.

personas dispuestas a arriesgarlo todo para estar juntas. Es una historia de una época en la que reinaban la paz y la prosperidad, y de una época en la que la guerra y la destrucción pasaron a primer plano. Aunque la ciudad haya desaparecido hace tiempo, la leyenda de Sac-Nicté y el príncipe Canek vivirá para siempre.

Así que la próxima vez que te encuentres cerca de las antiguas ruinas de Chichén Itzá, tómate un momento para recordar esta emocionante y cautivadora historia de amor y aventura, una historia que se ha transmitido de generación en generación durante siglos.

Vocabulary/Vocabulario

Leyenda (le-YEN-dah) - Legend

» Hay una leyenda sobre una princesa y un príncipe.

» There is a legend about a princess and a prince.

Princesa (preen-SEH-sah) - Princess

» La princesa Sac-Nicté era muy hermosa.

» The princess Sac-Nicté was very beautiful.

Rey (RAY) - King

» El rey de Mayapán era el padre de la princesa.

» The king of Mayapán was the father of the princess.

Príncipe (PREEN-see-peh) - Prince

» El príncipe Canek era joven y valiente.

» The prince Canek was young and brave.

Destinado (deh-stee-NAH-doh) - Destined

» El príncipe y la princesa estaban destinados a estar juntos para siempre.

» The prince and the princess were destined to be together forever.

Matrimonio (mah-tree-MOH-nyo) - Marriage

» El padre de la princesa prometió su mano en matrimonio a Ulil.

» The father of the princess promised her hand in marriage to Ulil.

Guerrero (geh-REH-roh) - Warrior

» El príncipe Canek apareció con sus guerreros.

» The prince Canek appeared with his warriors.

Abandonado (ah-bahn-doh-NAH-doh) - Abandoned

» La ciudad de Chichén Itzá quedó abandonada después de la guerra.

» The city of Chichén Itzá was abandoned after the war.

Ruinas (roo-EE-nahs) - Ruin

» Las ruinas de Chichén Itzá son un testimonio de la historia de amor del príncipe y la princesa.

» The ruins of Chichén Itzá are a testament to the love story of the prince and the princess.

Aventura (ah-ven-TOO-rah) - Adventure

» La historia de Sac-Nicté y el príncipe Canek es una aventura llena de amor y valentía.

» The story of Sac-Nicté and Prince Canek is an adventure filled with love and bravery.

Questions/Preguntas

1. ¿Cuándo se conocieron la princesa Sac-Nicté y el príncipe Canek?

A. Durante una época de paz y prosperidad en la cultura Maya antigua

B. Durante una época de guerra y destrucción

C. Durante una época de amor y aventura

2. ¿Quién tenía otros planes para la mano de la princesa Sac-Nicté en matrimonio?

A. El príncipe Canek

B. Su padre, el rey

C. Ulil, el sub-heir al reino de Uxmal

3. ¿Qué ciudad quedó abandonada después de la guerra?

A. Mayapán

B. Uxmal

C. Chichén Itzá

4. ¿Qué evento provocó la guerra entre Uxmal y Mayapán con Chichén Itzá?

A. La muerte de la princesa Sac-Nicté

B. El rapto de la princesa Sac-Nicté por el príncipe Canek

C. La promesa de la mano de la princesa Sac-Nicté a Ulil

5. ¿Por qué la ciudad de Chichén Itzá fue incendiada?

A. Por la ira de los enemigos de Uxmal y Mayapán

B. Por la decisión de la gente de Chichén Itzá de salvar su ciudad

C. Por el amor del príncipe Canek y la princesa Sac-Nicté

Answers/Respuestas

1. A
2. B
3. C
4. B
5. A

Summary/Resumen

La leyenda cuenta que en una época de paz y prosperidad en la cultura Maya antigua, existía una hermosa princesa llamada Sac-Nicté y un joven príncipe llamado Canek. Cuando Canek vio a la princesa, supo que estaban destinados a estar juntos para siempre. Sin embargo, el padre de la princesa tenía otros planes y la prometió en matrimonio a Ulil. Durante la guerra que se declaró entre Uxmal, Mayapán y Chichén Itzá, la gente de Chichén Itzá decidió salvar su ciudad y cuando los enemigos llegaron, la encontraron completamente desierta y la incendiaron en un arrebato de ira. La ciudad de Chichén Itzá quedó abandonada.

The legend tells of a time of peace and prosperity in the ancient Maya culture, where there lived a beautiful princess named Sac-Nicté and a young prince named Canek. When Canek saw the princess, he knew they were destined to be together forever. However, the princess's father had other plans and promised her in marriage to Ulil. During the war that broke out between Uxmal, Mayapán, and Chichén Itzá, the people of Chichén Itzá decided to save their city and when the enemies arrived, they found it completely deserted and burned it down in a fit of anger. The city of Chichén Itzá was left abandoned.

The Mourning Lady

La dama de luto

The legend of the mourning lady has been passed down from generation to generation in the city of Guadalajara, Mexico. People would listen to the tales of this female ghost with a mix of fear and awe. The story was popularized by the serenos, who were the night watchmen in the city in the early 19th century. They were the ones who reported seeing the ghostly figure and told the stories of her terror to the people of the city.

They say that one night, just before midnight, some residents of Guadalajara saw a woman dressed in black emerge from the Cathedral. She headed towards the north of the city, and when she arrived in front of the Sanctuary of Our Lady of Guadalupe, she crossed the street and disappeared into the night. This strange apparition caused fear among the people who witnessed her, as it was said that the woman was associated with death.

The legend says that the mourner took several lives that night. Those who dared to follow her were her victims, as they were said to have heard her dark scream, which signaled their doom. The legend states that anyone who hears the cry of the ghostly woman is doomed to die.

"Did you hear that?" asked Juan, one of the guards on duty that night, his voice barely a whisper in the oppressive darkness.

"Hear what?" replied his partner, Pedro, stopping dead in his tracks, his breath forming clouds in the cold air.

"The scream," Juan answered, his voice trembling, his flashlight shaking in his hand.

"I haven't heard anything," said Pedro, though his voice betrayed a hint of doubt. He looked around nervously, the darkness seeming to close in on them.

At that moment, a thick silence fell over the night, so dense it

La leyenda de la dama de luto se ha transmitido de generación en generación en la ciudad de Guadalajara, México. La gente escuchaba las historias de este fantasma femenino con una mezcla de miedo y temor. La historia fue popularizada por los serenos, que eran los vigilantes nocturnos de la ciudad a principios del siglo XIX. Eran ellos quienes informaban de haber visto a la figura fantasmal y contaban las historias de su terror a los habitantes de la ciudad.

Cuentan que una noche, poco antes de medianoche, algunos habitantes de Guadalajara vieron salir de la Catedral a una mujer vestida de negro. Se dirigió hacia el norte de la ciudad, y cuando llegó frente al Santuario de Nuestra Señora de Guadalupe, cruzó la calle y desapareció en la noche. Esta extraña aparición causó temor entre la gente que la presenció, pues se decía que la mujer estaba asociada con la muerte.

La leyenda dice que la doliente tomó varias vidas aquella noche. Los que se atrevieron a seguirla fueron sus víctimas, pues se decía que habían oído su oscuro grito, que señalaba su perdición. La leyenda afirma que cualquiera que oiga el grito de la mujer fantasmal está condenado a morir.

«¿Has oído eso?», preguntó Juan, uno de los serenos en turno durante aquella noche, su voz apenas un susurro en la oscuridad opresiva.

«¿Oír qué?», respondió su compañero, Pedro, deteniéndose en seco, el aliento formando nubes en el aire frío.

«El grito», respondió Juan, con voz temblorosa, su linterna temblando en su mano.

«Yo no he oído nada», dijo Pedro, aunque su voz delataba un rastro de duda. Miró a su alrededor con nerviosismo, la oscuridad parecía cerrarse sobre ellos.

En ese momento, un silencio espeso cayó sobre la noche, tan

seemed to suffocate even the sound of their own heartbeats. Then, as suddenly as the silence had descended, a heart-wrenching scream shattered the air, a sound so full of despair and pain that it froze the blood in their veins.

"That scream..." stammered Juan.

"My God, what was that?" murmured Pedro, his whole body tensing to run.

But it was already too late, for they both heard the mournful cry of the grieving lady. They ran back to the safety of their post, but Juan was never seen again.

The legend of the mourning lady has been part of Guadalajara's history for many years, and its impact is still felt today. People continue to fear her ghostly presence, and many avoid going out at night, especially near the Cathedral and the Sanctuary of Our Lady of Guadalupe.

Although the story is just a legend, it has become part of the city's cultural heritage. People continue to tell the story of the mourning lady, and it remains one of the most popular urban legends in Guadalajara.

denso que parecía ahogar incluso el sonido de sus propios latidos. Entonces, tan repentinamente como el silencio había caído, un grito desgarrador rompió el aire, un sonido tan lleno de desesperación y dolor que heló la sangre en sus venas.

«Ese grito...», balbuceó Juan.

«Dios mío, ¿qué fue eso?», murmuró Pedro, su cuerpo entero tensándose para correr.

Pero ya era demasiado tarde, pues ambos oyeron el grito lastimero de la dama enlutada. Volvieron corriendo a la seguridad de su puesto, pero a Juan no se le volvió a ver.

La leyenda de la dama de luto ha formado parte de la historia de Guadalajara durante muchos años, y su impacto sigue sintiéndose hoy en día. La gente sigue temiendo su presencia fantasmal, y muchos evitan salir de noche, especialmente cerca de la Catedral y del Santuario de Nuestra Señora de Guadalupe.

Aunque la historia es sólo una leyenda, se ha convertido en parte del patrimonio cultural de la ciudad. La gente sigue contando la historia de la dama de luto, y sigue siendo una de las leyendas urbanas más populares de Guadalajara.

Vocabulary/Vocabulario

Fantasma (fahn-TAHS-mah) - Ghost

» La gente escuchaba las historias de este fantasma femenino con una mezcla de miedo y respeto.

» People would listen to the tales of this female ghost with a mix of fear and awe.

Serenos (seh-REH-nos) - Guard

» Los serenos, quienes eran los vigilantes de noche en la ciudad en la primera mitad del siglo XIX, popularizaron la historia.

» The guards, who were the night watchmen in the city in the early 19th century, popularized the story.

Emerger (eh-MEHR-hair) - Emerge

» Algunos residentes de Guadalajara vieron a una mujer vestida de negro emerger de la Catedral.

» Some residents of Guadalajara saw a woman dressed in black emerge from the Cathedral.

Santuario (sahn-too-AHR-ee-oh) - Sanctuary

» Cuando llegó frente al Santuario de Nuestra Señora de Guadalupe, cruzó la calle y desapareció en la noche.

» When she arrived in front of the Sanctuary of Our Lady of Guadalupe, she crossed the street and disappeared into the night.

Aparición (ah-pah-ree-SYON) - Apparition

» Esta extraña aparición causó miedo entre la gente que la vio.

» This strange apparition caused fear among the people who saw her.

Asociado (ah-soh-SEEAH-doh) - Associated

» Se decía que la mujer estaba asociada con la muerte.

» It was said that the woman was associated with death.

Segar (say-GAHR) - Reap

» La leyenda dice que la dama de luto segó varias vidas esa noche.

» The legend says that the mourning lady reaped several lives that night.

Grito (GREE-toh) - Scream

» Dijeron que habían oído su grito oscuro, que señalaba su destino.

» They were said to have heard her dark scream, which signaled their doom.

Lúgubre (LOO-goo-breh) - Mournful

» Cualquiera que escuchara el llanto lúgubre de la mujer fantasma estaría condenado a morir.

» Anyone who hears the mournful cry of the ghostly woman is doomed to die.

Preguntó (preh-goon-TOH) - Asked

» "¿Escuchaste eso?" preguntó Juan, uno de los serenos de turno esa noche.

» "Did you hear that?" asked Juan, one of the serenos on duty that night.

Questions/Preguntas

1. ¿Quiénes popularizaron la historia de la dama de luto en Guadalajara?

A. Los serenos

B. Los ciudadanos

C. Los turistas

2. ¿Qué se decía que indicaba el grito lastimero de la mujer fantasmal?

A. La llegada de buenos tiempos

B. Un presagio de muerte

C. Una advertencia de peligro

3. ¿Qué le ocurrió a Juan después de escuchar el grito de la dama de luto?

A. Fue promovido

B. Desapareció

C. Ganó un premio

4. ¿Dónde fue vista la dama de luto por primera vez en la leyenda?

A. En el Santuario de Nuestra Señora de Guadalupe

B. Saliendo de la Catedral

C. En el puesto de serenos

5. ¿Cuál es la actitud predominante de la gente hacia la leyenda de la dama de luto en la actualidad?

A. Indiferencia

B. Miedo y evitación

C. Curiosidad

Answers/Respuestas

1. A
2. B
3. B
4. B
5. B

Summary/Resumen

La leyenda de la mujer de luto ha sido transmitida de generación en generación en la ciudad de Guadalajara, México. La historia es sobre un fantasma femenino que es visto en la ciudad y se asocia con la muerte. La leyenda fue popularizada por los serenos, quienes eran los guardias de noche en la ciudad en el siglo XIX. La gente todavía teme su presencia fantasmal y evita salir por la noche cerca de la Catedral y el Santuario de Nuestra Señora de Guadalupe. La leyenda sigue siendo una parte importante del patrimonio cultural de la ciudad y sigue siendo una de las leyendas urbanas más populares en Guadalajara.

The legend of the mourning woman has been passed down from generation to generation in the city of Guadalajara, Mexico. The story is about a female ghost seen in the city and associated with death. The legend was popularized by the night watchmen, known as serenos, in the 19th century. People still fear her ghostly presence and avoid going out at night near the Cathedral and the Sanctuary of Our Lady of Guadalupe. The legend continues to be an important part of the city's cultural heritage and remains one of the most popular urban legends in Guadalajara.

Curly-Haired Hilaria

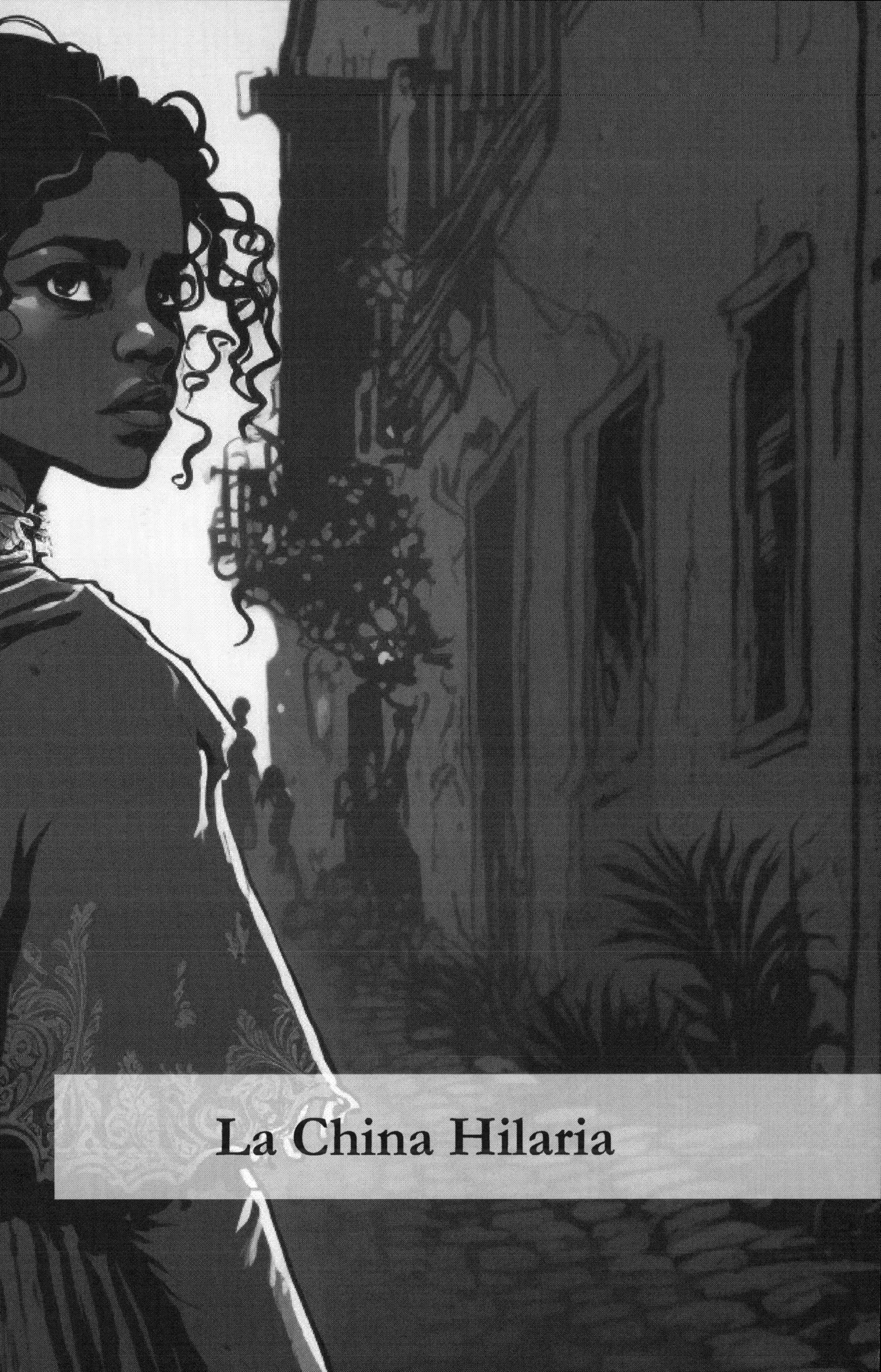

La China Hilaria

In the neighborhood of El Encino, in the Mexican city of Aguascalientes, there is a legend that has been passed down from generation to generation. The legend revolves around a young woman named Hilaria Macias, who was known to all as "China Hilaria" due to her stunning curly hair.

One day, a man known as El Chamuco, who lived on the same street as Hilaria, developed an obsession with her. Despite Hilaria's attempts to reject his advances, Chamuco persisted, harassing her with his advances and foul language. Hilaria, feeling afraid and unsure of what to do, turned to the local priest for help.

The priest listened to Hilaria's story and had a solution. He told Chamuco to ask Hilaria for one of her curls and said, "If you manage to straighten it, in about 15 days, she will be yours." Chamuco took the priest's advice and, after two weeks of trying to straighten Hilaria's curls, he turned to black magic. He sought out a sorcerer who could invoke the Devil and asked for his help in straightening the curl.

The Devil agreed, but with a high price - Chamuco's soul. Despite the steep cost, Chamuco accepted and the Devil went to work. But after days and days of trying, the Devil was unable to straighten the curl. Chamuco, frustrated with the Devil's lack of success, complained and the Devil, angry, left him.

From that day on, Chamuco was never the same. He would wander the streets of El Encino, muttering to himself and seemingly possessed by a dark force. Whenever anyone asked him how he was doing, he would only reply, "From China Hilaria." The legend says that Chamuco was tormented by the memory of Hilaria and her unbreakable curls for the rest of his life.

The story of The Curly Haired Hilaria has become a part of local folklore in Aguascalientes and the expression "From China Hilaria" is still used today to describe someone who is crazy or

En el barrio de El Encino, en la ciudad mexicana de Aguascalientes, existe una leyenda que se ha transmitido de generación en generación. La leyenda gira en torno a una joven llamada Hilaria Macías, a quien todos conocían como "China Hilaria" debido a su impresionante pelo rizado.

Un día, un hombre conocido como El Chamuco, que vivía en la misma calle que Hilaria, se obsesionó con ella. A pesar de los intentos de Hilaria por rechazar sus insinuaciones, el Chamuco persistió, acosándola con sus insinuaciones y su lenguaje grosero. Hilaria, asustada y sin saber qué hacer, acudió al cura local en busca de ayuda.

El cura escuchó la historia de Hilaria y tuvo una solución. Le dijo a Chamuco que le pidiera a Hilaria uno de sus rizos y le dijo: "Si consigues alisarlo, en unos 15 días será tuya". Chamuco siguió el consejo del sacerdote y, tras dos semanas intentando alisar los rizos de Hilaria, recurrió a la magia negra. Buscó a un hechicero que pudiera invocar al Diablo y le pidió ayuda para alisar el rizo.

El Diablo accedió, pero con un alto precio: el alma de Chamuco. A pesar del elevado precio, Chamuco aceptó y el Diablo se puso a trabajar. Pero tras días y días de intentos, el Diablo fue incapaz de enderezar el rizo. Chamuco, frustrado por la falta de éxito del Diablo, se quejó y el Diablo, enfadado, le abandonó.

Desde aquel día, Chamuco nunca volvió a ser el mismo. Vagaba por las calles de El Encino, murmurando para sí mismo y aparentemente poseído por una fuerza oscura. Cuando alguien le preguntaba cómo estaba, sólo respondía: "De China Hilaria". La leyenda dice que Chamuco fue atormentado por el recuerdo de Hilaria y sus rizos irrompibles durante el resto de su vida.

La historia de La Hilaria de los Rizos ha pasado a formar parte del folclore local de Aguascalientes y la expresión "De China Hilaria" se sigue utilizando hoy en día para describir a alguien que está

consumed by obsession. The legend serves as a reminder of the dangerous consequences that can arise from unrequited love.

And so, the legend of The Curly Haired Hilaria continues to captivate the imaginations of those who hear it, with its mixture of love, obsession, and dark magic. To this day, people still speak of the tormented oak tree and the ghostly figure of El Chamuco, forever wandering the streets of El Encino and repeating the words, "From China Hilaria."

loco o consumido por la obsesión. La leyenda sirve como recordatorio de las peligrosas consecuencias que pueden derivarse de un amor no correspondido.

Y así, la leyenda de La Hilaria de Pelo Rizado sigue cautivando la imaginación de quienes la oyen, con su mezcla de amor, obsesión y magia negra. A día de hoy, la gente sigue hablando del roble atormentado y de la figura fantasmal de El Chamuco, que deambula eternamente por las calles de El Encino y repite las palabras: "De la China Hilaria".

Vocabulary/Vocabulario

Encino (en-SEE-noh) - Encino

- » El Encino es un barrio en Aguascalientes.
- » Encino is a neighborhood in Aguascalientes.

Aguascalientes (ah-gwahs-kah-lee-EN-tes) - Aguascalientes

- » Aguascalientes es una ciudad en México.
- » Aguascalientes is a city in Mexico.

Pasada (pah-SAH-dah) - Passed down

- » La leyenda ha sido pasada de generación en generación.
- » The legend has been passed down from generation to generation.

Gira (HEE-rah) Revolves

- » La leyenda gira alrededor de Hilaria.
- » The legend revolves around Hilaria.

Pelo rizado (PEH-loh ree-SAH-doh) - Curly hair

- » Hilaria es conocida por su pelo rizado.
- » Hilaria is known for her curly hair.

Obsesión (ob-seh-see-OHN) - Obsession

- » El Chamuco desarrolló una obsesión con Hilaria.
- » El Chamuco developed an obsession with Hilaria.

Rechazar (ray-chah-ZAHR) - Reject

- » Hilaria intentó rechazar las avances de El Chamuco.
- » Hilaria tried to reject El Chamuco's advances.

Acosar (ah-koh-SAHR) - Harassing

» El Chamuco acosaba a Hilaria con sus avances.

» El Chamuco was harassing Hilaria with his advances.

Sacerdote (SAH-sair-DOH-teh) - Priest

» Hilaria se acercó al sacerdote local por ayuda.

» Hilaria approached the local priest for help.

Diablo (dee-AH-bloh) - Devil

» El Diablo aceptó ayudar a El Chamuco.

» The Devil agreed to help El Chamuco.

Atormentado (ah-tor-men-TAH-doe) - Tormented

» El Chamuco fue atormentado por Hilaria y sus rizos.

» El Chamuco was tormented by Hilaria and her curls.

Folklore (same as English) - Folklore

» La historia de Hilaria se ha convertido en parte del folklore local.

» The story of Hilaria has become part of local folklore.

Captiva (cahp-TEE-vah) - Captivates

» La leyenda sigue captivando la imaginación de quienes la escuchan.

» The legend continues to captivate the imaginations of those who hear it.

Questions/Preguntas

1. ¿De dónde proviene la leyenda de "La China Hilaria"?

A. De México

B. De El Encino, Aguascalientes

C. De la ciudad de Guanajuato

2. ¿Quién es conocida como "China Hilaria"?

A. Hilaria Macías

B. El Chamuco

C. El sacerdote

3. ¿Cómo se siente Hilaria hacia El Chamuco?

A. Atraída

B. Indiferente

C. Asustada y angustiada

4. ¿Qué hace El Chamuco para ganar el amor de Hilaria?

A. Usa magia negra

B. Le pide ayuda al diablo

C. La corteja con modestia

5. ¿Cuál es la respuesta de El Chamuco cuando alguien le pregunta cómo está?

A. "Estoy bien"

B. "De China Hilaria"

C. "No estoy seguro"

Answers / Respuestas

1. B
2. A
3. C
4. B
5. B

Summary / Resumen

En El Encino, Aguascalientes, existe una leyenda que gira en torno a una joven llamada Hilaria Macias, conocida como "China Hilaria" por su cabello rizado impresionante. Un hombre llamado El Chamuco se obsesionó con ella, pero después de fallar en enderezar uno de sus rizos, recurrió a la magia negra a un alto costo. Ahora, El Chamuco camina por las calles murmurando y poseído por una fuerza oscura. La leyenda es un recordatorio de las consecuencias peligrosas de un amor no correspondido y la tentación de la magia negra.

In El Encino, Aguascalientes, there is a legend centered around a young woman named Hilaria Macias, known as "China Hilaria" for her impressively curly hair. A man named El Chamuco became obsessed with her, but after failing to straighten one of her curls, he resorted to black magic at a great cost. Now, El Chamuco wanders the streets murmuring, possessed by a dark force. The legend serves as a reminder of the dangerous consequences of unrequited love and the temptation of black magic.

Marigold Flower

La flor de cempasúchil

In the Náhualt culture, the marigold flower is a symbol of love, hope, and remembrance. It is said that the flower originated from a love story between two young lovers, Xochitl and Huitzilin. They lived in a small village and had known each other since they were children. Their love grew stronger with each passing day and they knew that they wanted to spend the rest of their lives together.

One day, Xochitl and Huitzilin decided to visit the Sun God, Tonatiuh, who lived at the top of a hill. They climbed to the top, hoping to receive Tonatiuh's blessing for their love. The Sun God listened to their story and was moved by their love for each other. He agreed to bless their love and granted their wish.

Unfortunately, the happiness of Xochitl and Huitzilin was short-lived. Huitzilin was called to participate in a battle to defend his people and had to leave Xochitl behind. Xochitl waited for her beloved's return, but the news of his death in battle shattered her heart. She was filled with pain and despair, and she felt that she could not go on living without him.

Xochitl went to Tonatiuh, pleading with him to join her beloved in the afterlife. The Sun God, who saw the young girl's sorrow, decided to turn her into a flower. He cast a golden ray on her and from the earth, a bud grew. For a long time, the flower remained closed, until one day, a hummingbird appeared. The bird was attracted by the scent of the flower, and as it landed on its leaves, the flower opened, revealing its yellow color, like the sun itself.

Legend has it that the hummingbird was none other than Huitzilin, who had come back to his beloved Xochitl. The love of Xochitl and Huitzilin was now eternal, as long as the marigold flower exists and there are hummingbirds to remember their story.

On the Day of the Dead, a tradition deeply rooted in Mexican culture, the marigold flower not only lights up the altars with its vibrant orange color but also serves as a spiritual guide for the

En la cultura náhualt, la flor de cempasúchil es un símbolo de amor, esperanza y recuerdo. Se dice que la flor tiene su origen en una historia de amor entre dos jóvenes amantes, Xochitl y Huitzilin. Vivían en un pequeño pueblo y se conocían desde niños. Su amor se hacía más fuerte cada día que pasaba y sabían que querían pasar juntos el resto de sus vidas.

Un día, Xóchitl y Huitzilin decidieron visitar al dios del Sol, Tonatiuh, que vivía en lo alto de una colina. Subieron a la cima, con la esperanza de recibir la bendición de Tonatiuh para su amor. El Dios Sol escuchó su historia y se sintió conmovido por el amor que se profesaban. Aceptó bendecir su amor y les concedió su deseo.

Por desgracia, la felicidad de Xóchitl y Huitzilin duró poco. Huitzilin fue llamado a participar en una batalla para defender a su pueblo y tuvo que dejar atrás a Xochitl. Xóchitl esperó el regreso de su amado, pero la noticia de su muerte en la batalla destrozó su corazón. Estaba llena de dolor y desesperación, y sentía que no podía seguir viviendo sin él.

Xóchitl acudió a Tonatiuh, suplicándole que se reuniera con su amado en la otra vida. El Dios Sol, que vio el dolor de la joven, decidió convertirla en una flor. Lanzó sobre ella un rayo dorado y de la tierra creció un capullo. Durante mucho tiempo, la flor permaneció cerrada, hasta que un día apareció un colibrí. El pájaro se sintió atraído por el aroma de la flor, y al posarse sobre sus hojas, la flor se abrió, revelando su color amarillo, como el propio sol.

Cuenta la leyenda que el colibrí no era otro que Huitzilin, que había regresado junto a su amada Xochitl. El amor de Xóchitl y Huitzilin era ahora eterno, mientras existiera la flor de cempasúchil y hubiera colibríes que recordaran su historia.

En el Día de los Muertos, una tradición profundamente arraigada en la cultura mexicana, la flor de cempasúchil no solo ilumina los altares con su color anaranjado vibrante, sino que también

souls of the departed.

This celebration, held on November 1st and 2nd, blends pre-Hispanic elements with Catholic beliefs introduced during Spanish colonization, honoring the memory of loved ones who have passed away. The offerings, or altars, are meticulously decorated with photos, favorite foods, and personal items of the deceased, but it is the marigold flower that, according to popular belief, with its fragrance and color, attracts the souls home so they can hear the prayers and feel the love of their families once more.

Beyond its use on the Day of the Dead, the marigold flower holds a significant presence in Mexican folklore, symbolizing the duality of life and death, which is central to the indigenous worldview. The legend of Xóchitl and Huitzilin reflects the belief in a continuous cycle of life and love as a force that overcomes the barrier of death.

Today, the marigold flower remains an essential element in the Day of the Dead festivities, but it has also found its way into everyday life and popular culture, appearing in arts, literature, and cinema.

sirve como una guía espiritual para las almas de los difuntos.

Esta celebración, que se lleva a cabo los días 1 y 2 de noviembre, fusiona elementos prehispánicos con creencias católicas introducidas durante la colonización española, honrando la memoria de los seres queridos que han partido. Las ofrendas, o altares, se decoran meticulosamente con fotos, alimentos favoritos, y objetos personales del difunto, pero es la flor de cempasúchil la que, según la creencia popular, con su fragancia y color, atrae a las almas a casa para que puedan escuchar las oraciones y sentir el amor de sus familias una vez más.

Más allá de su uso en el Día de los Muertos, la flor de cempasúchil tiene una presencia significativa en el folclore mexicano, simbolizando la dualidad de la vida y la muerte, que es central en la cosmovisión indígena. La leyenda de Xóchitl y Huitzilin refleja la creencia en un ciclo de vida continuo y en el amor como una fuerza que supera la barrera de la muerte.

Hoy en día, la flor de cempasúchil sigue siendo un elemento esencial en las festividades del Día de los Muertos, pero también ha encontrado su camino en la vida cotidiana y en la cultura popular, apareciendo en artes, literatura, y cine.

Vocabulary/Vocabulario

Náhuatl (nah-wah-tl) - Náhuatl

» La cultura Náhuatl es famosa por sus creencias y tradiciones.

» The Náhuatl culture is famous for its beliefs and traditions.

Símbolo (SEEM-boh-loh) - Symbol

» La flor de cempasúchil es un símbolo de la historia de amor entre Xochitl y Huitzilin.

» The marigold is a symbol of the love story between Xochitl and Huitzilin.

Amor (ah-MORE) - Love

» El amor de Xochitl y Huitzilin era más fuerte cada día.

» Xochitl and Huitzilin's love grew stronger every day.

Esperanza (eh-spe-RAHN-sah) - Hope

» La esperanza de Xochitl y Huitzilin era recibir la bendición del Sol.

» Xochitl and Huitzilin's hope was to receive the blessing of the Sun.

Recuerdo (reh-KWEHR-doh) - Memory

» El girasol es un recuerdo de la historia de amor de Xochitl y Huitzilin.

» The marigold is a memory of Xochitl and Huitzilin's love story.

Pueblo (PWE-bloh) - Village

» Xochitl y Huitzilin vivían en un pequeño pueblo.

» Xochitl and Huitzilin lived in a small village.

Amantes (ah-MAHN-tehs) - Lovers

» Xochitl y Huitzilin eran amantes desde la infancia.

» Xochitl and Huitzilin were lovers since childhood.

Dios del Sol (dee-OHS dehl sohl) - Sun God

» Xochitl y Huitzilin visitaron al Dios del Sol para recibir su bendición.

» Xochitl and Huitzilin visited the Sun God to receive his blessing.

Bendición (behn-dee-SYON) - Blessing

» El Dios Sol bendijo el amor de Xochitl y Huitzilin.

» The Sun God blessed Xochitl and Huitzilin's love.

Muerte (MWER-teh) - Death

» La muerte de Huitzilin en la batalla rompió el corazón de Xochitl.

» Huitzilin's death in battle shattered Xochitl's heart.

Dolor (doh-LOHR) - Pain

» El dolor y la desesperación llenaron a Xochitl después de la muerte de Huitzilin.

» Pain and despair filled Xochitl after Huitzilin's death.

Questions/Preguntas

1. **¿Qué simboliza la flor de cempasúchil en la cultura náhuatl?**
   A. La muerte
   B. Amor, esperanza y recuerdo
   C. Los ancestros

2. **¿Cuál es el origen de la flor de cempasúchil según la leyenda?**
   A. La cima de la colina
   B. El dios Tonatiuh
   C. El amor eterno de Xochitl y Huitzilin

3. **¿Qué deseaban Xochitl y Huitzilin al ir a la cima de la colina?**
   A. Pidieron la bendición del dios Tonatiuh
   B. Querían ver el sol brillar
   C. Buscaban el mundo de los muertos

4. **¿Qué forma tomó Xochitl después de morir por el dolor?**
   A. Una flor
   B. Un pájaro
   C. Una estrella

5. **¿Qué papel juega la flor de cempasúchil en el Día de los Muertos?**
   A. Es irrelevante en el día de los muertos
   B. Una guía espiritual para las almas de los difuntos
   C. Un recuerdo de las tradiciones antiguas

Answers/Respuestas

1. B
2. C
3. A
4. A
5. B

Summary/Resumen

En la cultura Náhualt, la flor de cempasúchil es un símbolo de amor, esperanza y recuerdo. Se dice que la flor proviene de una historia de amor entre dos jóvenes enamorados, Xochitl y Huitzilin. Visitaron al Dios Sol, Tonatiuh, buscando su bendición para su amor. Desafortunadamente, la felicidad de Xochitl y Huitzilin fue corta, ya que Huitzilin murió en la batalla. Xochitl pidió a Tonatiuh unirse a su amado en el más allá y el Dios Sol la convirtió en una flor. Se dice que un día, un colibrí apareció, atraído por el aroma de la flor, y que era nada más y nada menos que Huitzilin que había regresado a su amada Xochitl.

In the Nahuatl culture, the marigold flower is a symbol of love, hope, and remembrance. It is said that the flower originates from a love story between two young lovers, Xochitl and Huitzilin. They visited the Sun God, Tonatiuh, seeking his blessing for their love. Unfortunately, Xochitl and Huitzilin's happiness was short-lived, as Huitzilin died in battle. Xochitl asked Tonatiuh to join her beloved in the afterlife, and the Sun God turned her into a flower. It is said that one day, a hummingbird appeared, drawn by the scent of the flower, and it was none other than Huitzilin, who had returned to his beloved Xochitl.

The Ghost Bus

El autobús fantasma

It was a dark and stormy night in Toluca. The city was in the grip of fear as rumors of a haunted bus had started to spread. People whispered about the ghost bus that traveled on the old and dangerous highway that linked Toluca with Ixtapan de la Sal. The ghost bus was said to be bus number 40, which had been involved in a horrific accident in the seventies. The accident had left no survivors, and the bus had never reached its destination.

Juan, a local resident, had heard the rumors of the ghost bus but had never given them much thought. He had always been skeptical of such stories and believed that they were just made up to scare people. However, on one fateful night, he would come face to face with the terror that was the ghost bus.

Juan was traveling from Ixtapan de la Sal to Toluca. The bus was filled with passengers, and the driver was making his way along the old and dangerous highway. Suddenly, the rain started to pour, and the bus began to take dangerous curves. The passengers were frightened as the bus picked up speed, and the driver realized that the brakes were failing.

“Oh no! The brakes are failing!” the driver shouted. “Everyone hold on tight!”

The passengers were petrified as they held on to the seats in front of them. They could hear the sound of the wind whistling past the windows, and the rain was pounding against the roof of the bus. Suddenly, the bus came to a bend in the road, and the driver tried to slow down, but it was too late. The bus plunged into the void, and the passengers screamed as they saw the ground rushing up to meet them.

When the bus crashed, it caught fire and burned to the ground. There were no survivors, and the bus was never found. The authorities searched for the wreckage, but it was as if the bus

Era una noche oscura y tormentosa en Toluca. La ciudad estaba sumida en el miedo, pues habían empezado a correr rumores sobre un autobús embrujado. La gente murmuraba sobre el autobús fantasma que viajaba por la vieja y peligrosa carretera que unía Toluca con Ixtapan de la Sal. Se decía que el autobús fantasma era el número 40, que había sufrido un terrible accidente en los años setentas. El accidente no había dejado supervivientes, y el autobús nunca había llegado a su destino.

Juan, un residente local, había oído los rumores del autobús fantasma, pero nunca les había prestado mucha atención. Siempre se había mostrado escéptico ante tales historias y creía que sólo se inventaban para asustar a la gente. Sin embargo, una fatídica noche, se encontraría cara a cara con el terror que era el autobús fantasma.

Juan viajaba de Ixtapan de la Sal a Toluca. El autobús iba lleno de pasajeros, y el conductor avanzaba por la vieja y peligrosa carretera. De repente, empezó a llover a cántaros y el autobús empezó a tomar curvas peligrosas. Los pasajeros se asustaron cuando el autobús cogió velocidad, y el conductor se dio cuenta de que los frenos estaban fallando.

"¡Oh, no! ¡Fallan los frenos!", gritó el conductor. "¡Agárrense todos fuerte!"

Los pasajeros se quedaron petrificados mientras se agarraban a los asientos de delante. Oían el sonido del viento que pasaba silbando por las ventanillas, y la lluvia golpeaba el techo del autobús. De repente, el autobús llegó a una curva de la carretera, y el conductor intentó reducir la velocidad, pero ya era demasiado tarde. El autobús se precipitó al vacío, y los pasajeros gritaron al ver que el suelo se precipitaba a su encuentro.

Cuando el autobús se estrelló, se incendió y ardió hasta el suelo. No hubo supervivientes y nunca se encontró el autobús. Las autoridades buscaron los restos, pero fue como si el autobús

had disappeared into thin air. The people whispered that if you were to travel that road during the early morning hours and try to get on a bus, it would probably be bus number 40. They warned that before you got off, you should never look back at the bus, or you would not survive.

The legend of the ghost bus still haunts the residents of Toluca, and many people refuse to travel that road at night. Some say that if you listen closely, you can still hear the sound of the bus as it speeds along the highway, and that if you see the bus, you should never look back, or you will join the other passengers on the ghost bus, never to be seen again.

hubiera desaparecido en el aire. La gente murmuraba que si viajabas por esa carretera durante las primeras horas de la mañana e intentabas subir a un autobús, probablemente sería el número 40. Te advertían de que, antes de bajarte, no miraras nunca hacia atrás, o no sobrevivirías.

La leyenda del autobús fantasma aún persigue a los habitantes de Toluca, y mucha gente se niega a viajar por esa carretera de noche. Algunos dicen que, si escuchas con atención, todavía puedes oír el sonido del autobús mientras avanza a toda velocidad por la carretera, y que si ves el autobús, nunca debes mirar atrás, o te unirás a los demás pasajeros del autobús fantasma, para no volver a ser visto nunca más.

Vocabulary/Vocabulario

Noche (NOH-chay) - Night

» Fue una noche oscura y tormentosa en Toluca.

» It was a dark and stormy night in Toluca.

Rumores (roo-MOH-res) - Rumors

» Los rumores de un autobús embrujado comenzaron a circular.

» The rumors of a haunted bus started to spread.

Terror (the-RHOR) - Terror

» La ciudad estaba bajo el control del terror.

» The city was in the grip of fear.

Fantasma (fan-TAHS-mah) - Ghost

» El autobús fantasma viajaba por la vieja y peligrosa carretera.

» The ghost bus traveled on the old and dangerous highway.

Desafortunado (deh-sah-fohr-tuh-NAH-doh) - Unfortunate

» Juan, un residente local, había oído los rumores del autobús fantasma.

» Juan, a local resident, had heard the rumors of the ghost bus.

Escepticismo (ehs-kep-tee-SIHS-moh) - Skepticism

» Siempre había sido escéptico de estos cuentos.

» He had always been skeptical of these tales.

Destino (dehs-TEE-noh) Fate

» Pero en una noche del destino, tendría un encuentro con el terror.

» But on a fateful night, he would come face to face with terror.

Pasajeros (pah-sah-HAY-rohs) - Passengers

» El autobús estaba lleno de pasajeros.

» The bus was filled with passengers.

Chofer (choh-FEHR) - Driver

» El conductor estaba haciendo su camino a lo largo de la carretera vieja y peligrosa.

» The driver was making his way along the old and dangerous highway.

Lluvia (YOU-viah) - Rain

» De repente, comenzó a llover.

» Suddenly, the rain started to pour.

Curvas peligrosas (CUHR-vahs peh-lih-GROH-sahs) - Dangerous curves

» El autobús comenzó a tomar curvas peligrosas.

» The bus began to take dangerous curves.

Aterrorizados (ah-teh-rho-rih-SAH-dohs) - Frightened

» Los pasajeros estaban aterrorizados.

» The passengers were frightened.

Falla de frenos (FAH-yah deh FREH-nohs) - Brake failure

» El conductor se dio cuenta de que los frenos fallaban.

» The driver realized the brakes were failing.

No sobrevivientes (no soh-breh-vee-VYEN-tehs) - No survivors

» No hubo sobrevivientes.

» There were no survivors.

Questions/Preguntas

1. ¿De dónde tiene su origen la leyenda del autobús fantasma?

A. La ciudad de Toluca

B. La ciudad de Mexico

C. La ciudad de Guadalajara

2. ¿En qué década tuvo lugar el episodio real que dio origen a la leyenda?

A. Los años setenta

B. Los años ochenta

C. Los años noventa

3. ¿Por qué el conductor del autobús no pudo detenerlo?

A. Porque la lluvia hizo que las curvas fueran más peligrosas

B. Porque los frenos fallaron

C. Porque el conductor estaba dormido

4. ¿Qué sucedió después de que el autobús se precipitara por una curva peligrosa?

A. El autobús se incendió y nunca llegó a su destino

B. El autobús llegó a su destino sin problemas

C. El autobús fue rescatado por un equipo de bomberos

5. ¿Qué pasa si alguien mira hacia atrás mientras está en el autobús fantasma?

A. No sobrevivirán

B. Sobrevivirán

C. No sucede nada

Answers / Respuestas

1. A
2. A
3. B
4. A
5. A

Summary / Resumen

En Toluca había una noche oscura y tormentosa. La ciudad estaba aterrorizada debido a rumores de un autobús embrujado que viajaba por la vieja y peligrosa carretera que conectaba Toluca con Ixtapan de la Sal. Se decía que el autobús fantasma era el número 40, que había estado involucrado en un accidente horrible hace muchos años. El accidente no dejó sobrevivientes y el autobús nunca llegó a su destino. Juan, un residente local, había escuchado los rumores del autobús fantasma pero nunca les había dado mucho pensamiento. Sin embargo, en una fatídica noche, se encontraría cara a cara con el terror que era el autobús fantasma. La leyenda del autobús fantasma aún aterroriza a los residentes de Toluca.

In Toluca, there was a dark and stormy night. The city was terrorized by rumors of a haunted bus traveling the old and dangerous road that connected Toluca with Ixtapan de la Sal. It was said that the ghost bus was number 40, which had been involved in a terrible accident many years ago. The accident left no survivors, and the bus never reached its destination. Juan, a local resident, had heard the rumors of the ghost bus but had never given them much thought. However, on one fateful night, he would come face to face with the terror that was the ghost bus. The legend of the ghost bus still terrorizes the residents of Toluca.

The Legend of Volcanoes

La leyenda de los volcanes

The legend of Popocatepetl and Iztaccihuatl is one of the most famous and cherished legends of the ancient Aztec people. This story is filled with love, bravery, deception, and sadness, making it a truly captivating tale. The two volcanoes, Popocatepetl and Iztaccihuatl, are said to represent the two lovers who were the cause of their creation.

The story begins with the beautiful princess Iztaccihuatl, who was said to be the most beautiful princess of her time. She fell in love with the young warrior Popocatepetl, one of the bravest of her people. Popocatepetl was a Tlaxcalan warrior and was engaged in a war against the Aztecs. Before leaving for the war, he asked for the hand of the princess and the cacique granted his wish, with the condition that he returned safely from the conflict.

Iztaccihuatl waited eagerly for the return of her beloved, but tragedy struck. A rival of Popocatepetl deceived the princess and told her that the young warrior had died in the war. The princess died of sadness shortly thereafter. Popocatepetl returned victorious from the war, only to find out about the sad news. He was devastated and wandered the city for days and nights, thinking about how he could honor the great love they had for each other.

Popocatepetl then ordered the building of a great tomb under the sun, piling up 10 hills to raise a huge mountain. He took the body of the princess and laid her on top of the mountain, kissing her for the last time. With a smoking torch in his hand, he knelt down to watch over her dream eternally. Over time, the snow covered their bodies, turning them into two huge volcanoes that have remained facing each other since then.

The story of Popocatepetl and Iztaccihuatl has inspired many works of art and literature, including The Idyll of the Volcanoes by the Peruvian poet José Santos Chocano. The story of the two lovers has been passed down from generation to generation, becoming a part of the rich cultural heritage of the ancient Aztec people.

La leyenda de Popocatépetl e Iztaccíhuatl es una de las más famosas y queridas del antiguo pueblo azteca. Esta historia está llena de amor, valentía, engaño y tristeza, lo que la convierte en un relato realmente cautivador. Se dice que los dos volcanes, Popocatépetl e Iztaccíhuatl, representan a los dos amantes que fueron la causa de su creación.

La historia comienza con la hermosa princesa Iztaccíhuatl, de la que se decía que era la más bella de su época. Se enamoró del joven guerrero Popocatépetl, uno de los más valientes de su pueblo. Popocatépetl era un guerrero tlaxcalteca y participaba en una guerra contra los aztecas. Antes de partir a la guerra, pidió la mano de la princesa y el cacique le concedió su deseo, con la condición de que regresara sano y salvo del conflicto.

Iztaccíhuatl esperó ansiosa el regreso de su amado, pero sobrevino la tragedia. Un rival de Popocatépetl engañó a la princesa y le dijo que el joven guerrero había muerto en la guerra. La princesa murió de tristeza poco después. Popocatépetl regresó victorioso de la guerra, sólo para enterarse de la triste noticia. Estaba desolado y vagó por la ciudad durante días y noches, pensando en cómo podría honrar el gran amor que se profesaban.

Popocatépetl ordenó entonces la construcción de una gran tumba bajo el sol, apilando 10 colinas para levantar una enorme montaña. Cogió el cuerpo de la princesa y lo depositó en la cima de la montaña, besándola por última vez. Con una antorcha humeante en la mano, se arrodilló para velar su sueño eternamente. Con el tiempo, la nieve cubrió sus cuerpos, convirtiéndolos en dos enormes volcanes que han permanecido enfrentados desde entonces.

La historia del Popocatépetl y el Iztaccíhuatl ha inspirado muchas obras de arte y literatura, entre ellas El Idilio de los Volcanes del poeta peruano José Santos Chocano. La historia de los dos amantes se ha transmitido de generación en generación, pasando a formar parte del rico patrimonio cultural del antiguo pueblo azteca.

This legend has captured the imagination of people for centuries, and it continues to be a popular and exciting story. The tale of the two volcanoes and the lovers who caused their creation is a story of love, bravery, deception, and sadness, all woven together to create a truly captivating legend.

The Idyll of the Volcanoes by José Santos Chocano

Iztaccíhuatl sketches the reclining figure
of a woman sleeping under the Sun.

Popocatépetl blazes through the centuries
like an apocalyptic vision;
and these two solemn volcanoes
have a love story,
worthy of being sung in compilations
of an extraordinary song.

Iztlccíhuatl "thousands of years ago"
was the princess most akin to a flower,
who in the tribe of the old chieftains
fell in love with the most noble captain.

The father augustly parted his lips
and told the seductive captain
that if he returned one day with the head
of the enemy chief impaled on his spear,
he would find prepared, at the same time,
the feast of his triumph and the bed of his love.

And Popocatépetl went to war
with this hope in his heart:
he tamed the rebellions of the stubborn jungles,
the daring plunge of the torrents,
the treachery of the marshes in ambush;
and against hundreds and hundreds of soldiers,
he gallantly fought for years.

Esta leyenda ha cautivado la imaginación de la gente durante siglos, y sigue siendo una historia popular y emocionante. La historia de los dos volcanes y de los amantes que provocaron su creación es una historia de amor, valentía, engaño y tristeza, todo ello entretejido para crear una leyenda verdaderamente cautivadora.

El Idilio de los Volcanes de José Santos Chocano

El Iztaccíhuatl traza la figura yacente
de una mujer dormida bajo el Sol.

El Popocatépetl flamea en los siglos
como una apocalíptica visión;
y estos dos volcanes solemnes
tienen una historia de amor,
digna de ser cantada en las compilaciones
de una extraordinaria canción.

Iztlccíhuatl "hace miles de años"
fue la princesa más parecida a una flor,
que en la tribu de los viejos caciques
del más gentil capitán se enamoró.

El padre augustamente abrió los labios
y díjole al capitán seductor
que si tornaba un día con la cabeza
del cacique enemigo clavada en su lanzón,
encontraría preparados, a un tiempo mismo,
el festín de su triunfo y el lecho de su amor.

Y Popocatépetl fuése a la guerra
con esta esperanza en el corazón:
domó las rebeldías de las selvas obstinadas,
la osadía despeñada de los torrentes,
la acechanza de los pantanos en traición;
y contra cientos y cientos de soldados,
por años gallardamente combatió.

Vocabulary/Vocabulario

Volcán (vol-KAN) - Volcano

» Popocatepetl e Iztaccihuatl son dos volcanes que representan a dos amantes.

» Popocatepetl and Iztaccihuatl are two volcanoes that represent two lovers.

Amante (ah-MAHN-teh) - Lover

» Iztaccihuatl fue la amante de Popocatepetl.

» Iztaccihuatl was the lover of Popocatepetl.

Guerrero (gwerr-AIR-oh) - Warrior

» Popocatepetl era un guerrero Tlaxcalan.

» Popocatepetl was a Tlaxcalan warrior.

Mano (MAH-no) - Hand

» Popocatepetl pidió la mano de la princesa.

» Popocatepetl asked for the hand of the princess.

Tristeza (trehs-TE-sah) - Sadness

» La princesa murió de tristeza.

» The princess died of sadness.

Tragedia (trah-HEH-dee-ah) - Tragedy

» Un rival de Popocatepetl causó la tragedia.

» A rival of Popocatepetl caused the tragedy.

Engaño (en-GAH-nyo) - Deception

» El rival engañó a la princesa.

» The rival deceived the princess.

Victorioso (veek-toh-REEOH-so) - Victorious

» Popocatepetl regresó victorioso de la guerra.

» Popocatepetl returned victorious from the war.

Tumba (TOOM-bah) - Tomb

» Popocatepetl ordenó la construcción de una gran tumba.

» Popocatepetl ordered the building of a great tomb.

Nieve (nee-EH-ve) - Snow

» La nieve cubrió los cuerpos de los amantes.

» The snow covered the bodies of the lovers.

Arte (AHR-teh) - Art

» La leyenda ha inspirado muchas obras de arte.

» The legend has inspired many works of art.

Literatura (lee-teh-rah-TOO-rah) - Literature

» La leyenda ha sido incluida en mucha literatura.

» The legend has been included in much literature.

Herencia (eh-RHEN-see-ah) - Heritage

» La leyenda es parte de la rica herencia cultural.

» The legend is part of the rich cultural heritage.

Questions/Preguntas

1. ¿Qué apodo tienen los volcanes Popocatepetl e Iztaccihuatl?

A. El Popo y La mujer dormida

B. El hombre dormido y la mujer dormida

C. Los amantes

2. ¿Cuál es el origen de los volcanes Popocatepetl e Iztaccihuatl en la leyenda antigua Azteca?

A. La guerra

B. El amor y la desgracia de los amantes

C. La construcción de una tumba

3. ¿Quién es el guerrero en la leyenda de los volcanes Popocatepetl e Iztaccihuatl?

A. Un guerrero Azteca

B. Un guerrero Tlaxcalteca

C. Un guerrero Maya

4. ¿Cómo murió la princesa Iztaccihuatl en la leyenda?

A. En la guerra

B. De tristeza

C. De enfermedad

5. ¿Cómo se convirtieron Popocatepetl e Iztaccihuatl en dos volcanes grandes?

A. Por la acción del viento

B. Por la nieve

C. Por el fuego

Answers/Respuestas

1. A
2. B
3. B
4. B
5. B

Summary/Resumen

Los dos volcanes, Popocatepetl e Iztaccihuatl, se dice que representan a los dos amantes que fueron la causa de su creación. La historia comienza con la hermosa princesa Iztaccihuatl, quien se dice que era la princesa más hermosa de su época. Se enamoró del joven guerrero Popocatepetl, uno de los más valientes de su pueblo. La leyenda ha sido transmitida de generación en generación y sigue siendo una fuente de inspiración y un recordatorio de la importancia de valorar a aquellos que amamos. Los volcanes Popocatepetl e Iztaccihuatl son un testimonio del poder duradero del amor y la resiliencia del espíritu humano.

The two volcanoes, Popocatepetl and Iztaccihuatl, are said to represent the two lovers who were the cause of their creation. The story begins with the beautiful princess Iztaccihuatl, who is said to have been the most beautiful princess of her time. She fell in love with the young warrior Popocatepetl, one of the bravest of his people. The legend has been passed down from generation to generation and continues to be a source of inspiration and a reminder of the importance of valuing those we love. The Popocatepetl and Iztaccihuatl volcanoes are a testament to the enduring power of love and the resilience of the human spirit.

Camécuaro

Camécuaro

Camécuaro, the lake of tears is located in the National Park of Camécuaro in the state of Michoacán, Mexico. It is a beautiful lake with crystalline water that has captivated visitors for generations.

The lake has inspired many legends, and the one that originates from the Purepecha culture is the most well-known. The Purepechas considered lakes to be sacred, and this lake is no exception.

The name Camécuaro means "place of hidden bitterness", and the legend behind it tells the story of Huanita, a Purepecha princess, and her love for Tangáxhuan, the nephew of the founder of the Purepecha Empire.

One day, a priest named Candó kidnapped Huanita and confined her in a yácata, a pyramidal structure characteristic of the Purépechas, where she cried so much that her tears formed a lake. Thus, Camécuaro was named after the place where the princess's tears fell.

Tangáxhuan, upon hearing the news of Huanita's capture, set out to rescue her. When he finally arrived at the place where she was being held, he saw Candó and a brief exchange ensued:

"Why have you taken her prisoner?" shouted Tangáxhuan, with his bow drawn in his hands.

Candó, with a defiant look, replied, "Because her destiny is to serve the gods, not to be with mortals like you."

From a corner, Huanita's trembling voice rose: "Tangáxhuan, my heart has always been and will always be yours, not the gods'."

After these words, Tangáxhuan, filled with determination and love, shot an arrow from his bow. The arrow struck a juniper and broke it, from which a spring of green water emerged. The story says that the spring is still visible today, and people who enter

Camécuaro, el lago de las lágrimas, se encuentra en el Parque Nacional de Camécuaro, en el estado de Michoacán, México. Es un hermoso lago de aguas cristalinas que ha cautivado a los visitantes durante generaciones.

El lago ha inspirado muchas leyendas, y la que tiene su origen en la cultura purépecha es la más conocida. Los purépechas consideraban sagrados a los lagos, y este lago no es una excepción.

El nombre de Camécuaro significa "lugar de amargura oculta", y la leyenda que hay detrás cuenta la historia de Huanita, una princesa purépecha, y su amor por Tangáxhuan, sobrino del fundador del Imperio Purépecha.

Un día, un sacerdote llamado Candó secuestró a Huanita y la confinó en una yácata, una estructura piramidal característica de los purépechas, donde lloró tanto que sus lágrimas formaron el lago. Así, Camécuaro recibió el nombre del lugar donde cayeron las lágrimas de la princesa.

Tangáxhuan, al conocer la noticia de la captura de Huanita, partió para rescatarla. Cuando por fin llegó al lugar donde la tenían retenida, vio a Candó y se desató un breve intercambio:

«¿Por qué la has tomado prisionera?», gritó Tangáxhuan, con el arco tenso en sus manos.

Candó, con una mirada desafiante, respondió: «Porque su destino es servir a los dioses, no estar con mortales como tú».

Desde un rincón, la voz temblorosa de Huanita se elevó: «Tangáxhuan, mi corazón siempre ha sido y siempre será tuyo, no de los dioses».

Tras estas palabras, Tangáxhuan, lleno de determinación y amor, disparó una flecha con su arco. La flecha golpeó un enebro y lo rompió, de donde surgió un manantial de agua verde. La historia dice que el manantial sigue siendo visible hoy en día, y la gente

the lake can see the figure of a woman appearing in its waters.

The legend of Camécuaro has been passed down from generation to generation, and even today, visitors to the lake claim to see the figure of a woman in its waters. Some say that those who enter the lake will try to stay with her forever, as if they are under a spell.

"I can feel the sadness and desperation in the air," said one visitor to Camécuaro. "I can almost hear Huanita's cries and see her tears falling into the lake. It's as if her spirit is still here, trapped in this place."

"I have never seen anything like it," said another visitor. "The water is so clear and bright that it seems to glow. And when I looked closely, I saw the figure of a woman in the water. It was like she was calling out to me, inviting me to join her."

The legend of Camécuaro, the lake of tears, is a story of love, sadness, and mystery that has captivated visitors for centuries. It is a beautiful and haunting place that will stay with you long after you leave. Whether you believe in the legend or not, one thing is for sure – Camécuaro is a place that will leave a lasting impression on anyone who visits.

que entra en el lago puede ver la figura de una mujer que aparece en sus aguas.

La leyenda de Camécuaro se ha transmitido de generación en generación, y aún hoy los visitantes del lago afirman ver la figura de una mujer en sus aguas. Algunos dicen que los que entran en el lago intentarán quedarse con ella para siempre, como si estuvieran hechizados.

«Puedo sentir la tristeza y la desesperación en el aire», dijo un visitante de Camécuaro. «Casi puedo oír los gritos de Huanita y ver sus lágrimas cayendo en el lago. Es como si su espíritu siguiera aquí, atrapado en este lugar».

«Nunca he visto nada igual», dijo otro visitante. «El agua es tan clara y brillante que parece resplandecer. Y cuando miré de cerca, vi la figura de una mujer en el agua. Era como si me llamara, invitándome a unirme a ella».

La leyenda de Camécuaro, el lago de las lágrimas, es una historia de amor, tristeza y misterio que ha cautivado a los visitantes durante siglos. Es un lugar hermoso e inquietante que permanecerá contigo mucho tiempo después de que te marches. Creas o no en la leyenda, una cosa es segura: Camécuaro es un lugar que dejará una impresión duradera en cualquiera que lo visite.

Vocabulary/Vocabulario

Visitante (vee-see-TAHN-teh) - Visitor

» Los visitantes a Camécuaro afirman ver la figura de una mujer en sus aguas.

» Visitors to Camécuaro claim to see the figure of a woman in its waters.

Lago (LAH-go) - Lake

» El lago es hermoso con agua cristalina.

» The lake is beautiful with crystalline water.

Sentir (sehn-TEER) - Feel

» El visitante afirmó sentir la tristeza y la desesperación en el aire.

» The visitor claimed to feel sadness and desperation in the air.

Tristeza (tree-STEH-sah) - Sadness

» La leyenda de Camécuaro está llena de tristeza y desesperación.

» The legend of Camécuaro is full of sadness and desperation.

Desesperación (deh-sehs-peh-rah-SYON) - Desperation

» El visitante sentía la desesperación en el aire alrededor del lago.

» The visitor felt the desperation in the air around the lake.

Llorar (yoh-RAHR) - Cry

» La princesa Huanita lloró tanto que sus lágrimas formaron el lago.

» Princess Huanita cried so much that her tears formed the lake.

Lágrimas (LAH-gree-mahs) - Tears

» El nombre Camécuaro significa "lugar de amargura escondida" y proviene de las lágrimas de la princesa.

» The name Camécuaro means "place of hidden bitterness" and comes from the tears of the princess.

Sacerdote (sah-ser-DOH-teh) - Priest

» Un sacerdote llamado Candó secuestró a la princesa Huanita.

» A priest named Candó kidnapped Princess Huanita.

Secuestro (seh-KWES-troh) - Kidnap

» La princesa Huanita fue secuestrada y encerrada en una yácata.

» Princess Huanita was kidnapped and confined in a yácata.

Nacional (nah-seeoh-NAHL) - National

» El parque nacional de Camécuaro está en Michoacán, México.

» The National Park of Camécuaro is in Michoacán, Mexico.

Princesa (preen-SEH-sah) - Princess

» La historia cuenta de la princesa Huanita y su amor por Tangáxhuan.

» The story tells of the Princess Huanita and her love for Tangáxhuan.

Flecha (FLEH-chah) - Arrow

» Tangáxhuan disparó una flecha desde su arco.

» Tangaxhuan shot an arrow from his bow.

Espíritu (es-PEE-ree-too) - Spirit

» El espíritu de Huanita parece estar atrapado en este lugar.

» Huanita's spirit seems to be trapped in this place.

Arco (AHR-koh) - Bow

» Tangáxhuan disparó una flecha de su arco.

» Tangáxhuan shot an arrow from his bow.

Sagrado (sah-GRAH-doh) - Sacred

» Las lagos son sagrados para los Purepechas.

» Lakes are sacred to the Purepechas.

Questions/Preguntas

1. ¿Qué cultura originó la leyenda del lago de Camécuaro?

A. Maya

B. Inca

C. Purepecha

2. ¿Por qué se llama "lugar del amargor oculto" el lago de Camécuaro?

A. Porque el agua es amarga

B. Porque la princesa lloró tanto

C. Porque el sacerdote era desagradable

3. ¿Quién fue el primero en ir a liberar a la princesa Huanita?

A. El padre de Huanita

B. Tangáxhuan

C. El rey del Imperio Purepecha

4. ¿Qué sucedió cuando Tangáxhuan vio al sacerdote Candó?

A. Huyó

B. Peleó

C. Hizo un trato con él

5. ¿Qué se dice que sucede cuando la gente entra al lago de Camécuaro?

A. Ven la figura de un hombre

B. Ven la figura de una mujer

C. No ven nada

Answers/Respuestas

1. C
2. B
3. B
4. B
5. B

Summary/Resumen

El lago de lágrimas Camécuaro se encuentra en el Parque Nacional de Camécuaro en Michoacán, México. Es un lugar hermoso con agua cristalina que ha cautivado a los visitantes por generaciones. La leyenda detrás del nombre proviene de la cultura Purepecha y cuenta la historia de Huanita, una princesa Purepecha, y su amor por Tangáxhuan. Un día, un sacerdote llamado Candó secuestró a Huanita y la encerró en un yácata, donde lloró tanto que sus lágrimas formaron el lago. La leyenda de Camécuaro ha sido transmitida de generación en generación y hasta hoy, los visitantes afirman ver la figura de una mujer en sus aguas.

The Lake of Tears, Camécuaro, is located in the Camécuaro National Park in Michoacán, Mexico. It is a beautiful place with crystal-clear water that has captivated visitors for generations. The legend behind the name comes from the Purepecha culture and tells the story of Huanita, a Purepecha princess, and her love for Tangáxhuan. One day, a priest named Candó kidnapped Huanita and locked her in a yácata, where she cried so much that her tears formed the lake. The legend of Camécuaro has been passed down from generation to generation, and to this day, visitors claim to see the figure of a woman in its waters.

The House of Witches

La casa de las brujas

In the city of Guanajuato, there was a house that was built in 1895. It was a grand and beautiful house, located in the heart of the city, with very tall pillars and elegant arches. It was the envy of all who saw it. But, little did they know, there was a dark and unsettling legend surrounding the house.

The dark history of the house originates in times past when the owner of the same shared his home with his little daughter, Susan. An unexpected twist of fate led the owner to be imprisoned for a crime, leaving Susan in the hands of her aunts, who far from showing compassion or care, became executioners of her innocence. These women, endowed with a cold and ruthless heart, locked the girl in the basement, a place forgotten by the sun, where the light of day never peeked.

Instead of words of encouragement or gestures of affection, the only thing Susan received were screams and insults that echoed down the basement stairs. The aunts saw Susan as a nuisance, a constant reminder of a responsibility they did not want. Thus, they decided to ignore her pleas for compassion, leaving her abandoned in that cold and damp dungeon they called a basement.

Days passed and the neighbors began to hear laments coming from the basement. They were scared and did not know what to do. Finally, one day, the aunts opened the basement and discovered that Susan had died. They found her lifeless body and the news of her death spread quickly throughout the city. People were horrified, and many claimed that the spirit of the young girl remained trapped in the house.

Over the years, the old residence was transformed into a hotel which, far from leaving behind its dark past, seemed to wrap itself even more in mystery and shadows. Despite efforts to renovate and change its image, at night the silence was broken by inexplicable noises.

En la ciudad de Guanajuato, había una casa que se construyó en 1895. Era una casa grandiosa y hermosa, situada en el corazón de la ciudad, con altísimos pilares y elegantes arcos. Era la envidia de todos los que la veían. Pero, poco sabían, había una leyenda oscura e inquietante que rodeaba la casa.

La oscura historia de la casa se origina en tiempos pasados, cuando el propietario de la misma compartía su hogar con su pequeña hija, Susan. Un giro inesperado del destino llevó al dueño a ser encarcelado por un crimen, dejando a Susan en manos de sus tías, quienes lejos de mostrar compasión o cuidado, se convirtieron en verdugos de su inocencia. Estas mujeres, dotadas de un corazón frío y despiadado, encerraron a la niña en el sótano, un lugar olvidado por el sol, donde la luz del día nunca se asomaba.

En lugar de palabras de aliento o gestos de cariño, lo único que Susan recibía eran gritos e insultos que resonaban por las escaleras del sótano. Las tías veían en Susan un estorbo, un recordatorio constante de una responsabilidad que no deseaban. Así, decidieron ignorar sus súplicas por compasión, dejándola abandonada en aquel frío y húmedo calabozo que llamaban sótano.

Pasaron los días y los vecinos empezaron a oír lamentos procedentes del sótano. Estaban asustados y no sabían qué hacer. Por fin, un día, las tías abrieron el sótano y descubrieron que Susan había muerto. Descubrieron su cuerpo sin vida y la noticia de su muerte se extendió rápidamente por toda la ciudad. La gente se horrorizó, y muchos afirmaron que el espíritu de la joven seguía atrapado en la casa.

Con el paso de los años, la antigua residencia se convirtió en un hotel que, lejos de dejar atrás su oscuro pasado, parecía envolverse aún más en misterio y sombras. A pesar de los esfuerzos por renovar y cambiar su imagen, por las noches el silencio se rompía con ruidos inexplicables.

Guests frequently reported disturbing sounds coming from the basement, the same place rumored to have been the involuntary prison of young Susan decades ago. Her cries became the terrifying soundtrack of their nights. Curiosity mixed with fear, and rumors of paranormal activity quickly became the main topic of conversation throughout the city.

The fame of the hotel grew. Visitors from faraway places arrived hoping to experience something supernatural. They sought any sign of Susan's presence. But what they found was much more unsettling: shadows moving without apparent source, cold drafts of air in closed rooms, and the persistent feeling of being watched.

It is said that on full moon nights, the house becomes a terrifying place. Those who dare to pass by claim to see a young woman peering out of one of the windows, her face full of fear and desperation. Some say they can hear her screams coming from the basement, and others claim to have seen her ghostly figure wandering the hallways of the house.

The hotel management tried to ignore the rumors, but soon they became too much to overlook. People stopped staying at the hotel, and it began to deteriorate. But, even today, those who dare venture into the hotel on a full moon night claim to experience strange and terrifying things. They say the spirit of the young woman still roams the place, seeking vengeance for the cruel treatment she received from her aunts.

And so, the legend of the haunted house of Guanajuato remains alive, thrilling and frightening those who dare to listen. The mystery surrounding the young woman's death and the strange noises still heard at night continue to arouse the curiosity of those interested in paranormal phenomena. Who knows what really happened in that house so many years ago? All that remains is the legend.

Los huéspedes reportaban con frecuencia sonidos perturbadores provenientes del sótano, el mismo lugar donde se rumoreaba que la joven Susan había sido encerrada contra su voluntad hace décadas. Sus lamentos se convertían en la aterradora banda sonora de sus noches. La curiosidad se mezclaba con el miedo, y los rumores sobre actividad paranormal no tardaron en ser el tema principal de conversación en toda la ciudad.

La fama del hotel creció. Visitantes de lugares lejanos llegaban con la esperanza de experimentar algo sobrenatural. Buscaban algún indicio de la presencia de Susan. Pero lo que encontraban era mucho más inquietante: sombras que se movían sin fuente aparente, frías ráfagas de aire en habitaciones cerradas, y el persistente sentimiento de ser observados.

Se dice que en las noches de luna llena, la casa se convierte en un lugar terrorífico. Los que se atreven a pasar por allí afirman ver a una joven asomada por una de las ventanas, con el rostro lleno de miedo y desesperación. Algunos dicen que pueden oír sus gritos procedentes del sótano, y otros afirman haber visto su figura fantasmal vagando por los pasillos de la casa.

La dirección del hotel intentó hacer caso omiso de los rumores, pero pronto fueron demasiado para ignorarlos. La gente dejó de alojarse en el hotel y éste empezó a deteriorarse. Pero, aún hoy, quienes se atreven a aventurarse en el hotel en una noche de luna llena afirman experimentar cosas extrañas y aterradoras. Dicen que el espíritu de la joven sigue rondando el lugar, buscando venganza por el trato cruel que recibió de sus tías.

Y así, la leyenda de la casa encantada de Guanajuato sigue viva, emocionando y asustando a quienes se atreven a escucharla. El misterio que rodea la muerte de la joven y los extraños ruidos que se siguen oyendo por la noche siguen despertando la curiosidad de quienes se interesan por los fenómenos paranormales. ¿Quién sabe lo que ocurrió realmente en aquella casa hace tantos años? Lo único que queda es la leyenda.

Vocabulary/Vocabulario

Guanajuato (gwah-nah-HOOAH-toh) - Guanajuato

» Guanajuato es una ciudad en México.

» Guanajuato is a city in Mexico.

Casa (KAH-sah) - House

» Hay una casa antigua en Guanajuato.

» There is an old house in Guanajuato.

Grandiosa (grahn-DEEOH-sah) - Grand

» La casa es grandiosa y hermosa.

» The house is grand and beautiful.

Centro (ZEN-troh) - Center

» La casa está en el centro de la ciudad.

» The house is in the center of the city.

Elegante (eh-leh-GAHN-teh) - Elegant

» La casa tiene arcos elegantes.

» The house has elegant arches.

Envidiable (ehn-vee-DEEAH-bleh) - Enviable

» Todos querían tener una casa tan envidiable como ésta.

» Everyone wanted to have a house as enviable as this one.

Transformar (trans-fohr-MAHR) - Transform

» La casa fue transformada en un hotel.

» The house was transformed into a hotel.

Ruido (RWI-doh) - Noise

» Los huéspedes oían ruidos extraños en la casa.

» The guests heard strange noises in the house.

Sótano (SOH-tah-noh) - Basement

» Los ruidos venían del sótano.

» The noises came from the basement.

Encierro (ehn-SYE-rroh) - Confinement

» Las tías de Susan la encerraron en el sótano.

» Susan's aunts confined her in the basement.

Cruel (krwel) - Cruel

» Las tías eran crueles con Susan.

» The aunts were cruel to Susan.

Muerte (MWEHR-teh) - Death

» Susan murió en el sótano.

» Susan died in the basement.

Fantasma (fahn-TAHS-mah) - Ghost

» Se dice que el fantasma de Susan aún habita la casa.

» It is said that Susan's ghost still haunts the house.

Questions/Preguntas

1. ¿En qué año fue construida la casa en Guanajuato?

A. 1865

B. 1895

C. 1920

2. ¿Qué rumores existen acerca de la casa en Guanajuato?

A. Hay sonidos extraños por la noche

B. Es una casa tranquila

C. No hay ningún rumor

3. ¿Quién se quedó a cargo de Susan cuando su padre fue a la cárcel?

A. Amigos

B. Tías

C. Abuelos

4. ¿Qué dicen los vecinos sobre la casa en Guanajuato en la noche de luna llena?

A. Es aterrador

B. Es un lugar pacífico

C. No hay ningún cambio

5. ¿Qué pasa en la casa en Guanajuato en la noche de luna llena?

A. La gente dice ver a una mujer joven mirando por una de las ventanas

B. La gente dice escuchar el grito de las tías

C. No hay ningún fenómeno extraño

Answers/Respuestas

1. B
2. A
3. B
4. A
5. A

Summary/Resumen

En la ciudad de Guanajuato había una casa construida en 1895. Era una casa grande y hermosa en el corazón de la ciudad con imponentes columnas y elegantes arcos. Pero había una oscura leyenda que rodeaba la casa. Con el tiempo, la casa se convirtió en un hotel, pero seguían oyéndose ruidos extraños por la noche. La leyenda dice que el dueño de la casa tenía una hija llamada Susan que fue encerrada en el sótano por sus crueles tías. La gente decía que el espíritu de la niña aún habitaba la casa y que en noches de luna llena, la casa se convertía en un lugar aterrador.

In the city of Guanajuato, there was a house built in 1895. It was a grand and beautiful home in the heart of the city, with imposing columns and elegant arches. But a dark legend surrounded the house. Over time, the house was converted into a hotel, yet strange noises were still heard at night. The legend claims that the original owner of the house had a daughter named Susan who was locked in the basement by her cruel aunts. People said that the spirit of the girl still dwelled in the house and that on full moon nights, the house became a terrifying place.

Bride of the Sea

La novia del mar

In the city of Campeche, there lived a beautiful young woman. She was known for her long walks along the coast, where she would watch the huge ships that arrived at the port. Her beauty and grace made her the envy of all the women in the city. But little did they know, she was searching for something more.

One day, as she was strolling along the shore, she laid eyes on a sailor who had just arrived on one of the ships. It was love at first sight. The sailor was equally smitten, and soon they were meeting frequently and spending all their time together. They would talk for hours about their hopes and dreams, and the young woman would share stories about the sea and its secrets.

However, the sea was not happy about this newfound love. It had grown jealous of the young woman's affection for the sailor, and it was angry that she no longer visited the shore every day, nor touched the water with her fingers. The sea's anger grew into fury, and one day it decided to separate the two lovers forever.

One day, the sailor had to set sail, and the young woman was heartbroken to see him go. But as he left, a terrible storm swept in, and the sea's jealousy turned into anger. The sea was determined to separate the two lovers and sank the ship, drowning the sailor. The young woman was devastated, and from that moment on, she could be found every afternoon on the beach, looking out to sea, waiting for her lost love to return.

Years went by, carrying the seasons with them, but the young woman, unchanged by the passage of time, never lost hope. Every day, without fail, she remained on the beach, her eyes scanning the horizon, waiting for the return of the sailor who had taken her heart.

Her beauty, once as radiant as the midday sun, slowly faded, ravaged by the salt and wind, but her love for him remained as alive and burning as the first day.

En la ciudad de Campeche, vivía una hermosa joven. Era conocida por sus largos paseos por la costa, donde observaba los enormes barcos que llegaban al puerto. Su belleza y gracia la convirtieron en la envidia de todas las mujeres de la ciudad. Pero poco sabían ellas que buscaba algo más.

Un día, mientras paseaba por la orilla, se fijó en un marinero que acababa de llegar en uno de los barcos. Fue amor a primera vista. El marinero quedó igualmente prendado, y pronto empezaron a verse con frecuencia y a pasar todo el tiempo juntos. Hablaban durante horas sobre sus sueños y esperanzas, y la joven le contaba historias sobre el mar y sus secretos.

Sin embargo, el mar no estaba contento con este nuevo amor. Se había puesto celoso del afecto de la joven por el marinero, y se enfadó porque ella ya no visitaba la orilla todos los días, ni tocaba el agua con los dedos. La ira del mar se convirtió en furia, y un día decidió separar a los dos amantes para siempre.

Un día, el marinero tuvo que zarpar, y a la joven se le rompió el corazón al verle partir. Pero cuando se marchaba, se desató una terrible tormenta, y los celos del mar se convirtieron en ira. El mar estaba decidido a separar a los dos amantes y hundió el barco, ahogando al marinero. La joven quedó destrozada y, a partir de ese momento, se la podía encontrar todas las tardes en la playa, mirando al mar, esperando el regreso de su amor perdido.

Pasaron los años, arrastrando consigo las estaciones, pero la joven, inmutable ante el paso del tiempo, nunca perdió la esperanza. Cada día, sin falta, permanecía en la playa, sus ojos escudriñando el horizonte, esperando el regreso del marinero que se había llevado su corazón.

Su belleza, una vez radiante como el sol del mediodía, se desvaneció lentamente, arrasada por el salitre y el viento, pero su amor por él permanecía tan vivo y ardiente como el primer día.

Passersby, moved by the constant presence of the young woman on the same shore, often stopped. “Why do you wait here every day?” they asked her, unable to understand the depth of her faith.

With a calm smile, as deep as the sea before her, she replied, “I’m waiting for my love to return to me. He promised he would come back, and I trust his word.”

“But years have passed,” some insisted, looking at her with a mix of admiration and pity. “How can you keep hoping after so much time?”

“Sometimes, love is all we have,” she answered, her eyes sparkling with a mix of sadness and determination. “And hope is the lighthouse that guides sailors home. Just as he navigates through unknown waters, my love and hope are all I can offer him, no matter how long I have to wait.”

And so, the legend of the young woman waiting for her lost love on the beach of Campeche remains alive. To this day, her statue can still be seen on the Malecón, waiting for her love to return. Visitors to the city often stop to admire it, reminded of the power of love and the lengths to which people will go for it.

Los transeúntes, movidos por la presencia constante de la joven en la misma orilla, frecuentemente se detenían. «¿Por qué esperas aquí cada día?» le preguntaban, sin poder entender la profundidad de su fe.

Con una sonrisa tranquila, tan profunda como el mar frente a ella, ella respondía: «Estoy esperando a que mi amor vuelva a mí. Él prometió que regresaría, y yo confío en su palabra».

«Pero han pasado años», insistían algunos, observándola con una mezcla de admiración y lástima. «¿Cómo puedes seguir teniendo esperanza después de tanto tiempo?»

«A veces, el amor es todo lo que tenemos», contestaba ella, sus ojos destellando con una mezcla de tristeza y determinación. «Y la esperanza es el faro que guía a los marineros a casa. Así como él navega por aguas desconocidas, mi amor y mi esperanza son lo único que puedo ofrecerle, sin importar cuánto tiempo tenga que esperar».

Y así, la leyenda de la joven que espera a su amor perdido en la playa de Campeche sigue viva. A día de hoy, todavía se puede ver su estatua en el Malecón, esperando a que vuelva su amor. Los visitantes de la ciudad a menudo se detienen a admirarla, y se les recuerda el poder del amor y hasta dónde puede llegar la gente por él.

Vocabulary/Vocabulario

Ciudad (see-oo-DAHD) - City

» En la ciudad de Campeche vivía una mujer joven y hermosa.

» In the city of Campeche lived a young and beautiful woman.

Paseo (pah-SEH-oh) - Walk

» La joven era conocida por sus largos paseos.

» The young woman was known for her long walks.

Costa (KOS-tah) - Coast

» La joven era conocida por sus largos paseos por la costa.

» The young woman was known for her long walks along the coast.

Envidiosas (en-vee-DYO-sas) - Envious

» Todas las mujeres de la ciudad eran envidiosas de ella.

» All the women in the city were envious of her.

Amar (ah-MAHR) - Love

» Era amor a primera vista entre ellos.

» It was love at first sight between them.

Enamorado (eh-nah-moh-rha-doh) - Smitten

» El marinero también estaba enamorado.

» The sailor was also smitten.

Encuentro (ehn-KWEN-troh) - Meeting

» Empezaron a tener encuentros frecuentes.

» They started to have frequent meetings.

Hablar (ah-BLAHR) - Talk

» Hablaban por horas sobre sus esperanzas y sueños.

» They talked for hours about their hopes and dreams.

Mar (MHAR) - Sea

» El mar estaba celoso de su afecto por el marinero.

» The sea was jealous of her affection for the sailor.

Furioso (foo-RYO-so) - Fury

» El mar se volvió furioso.

» The sea became furious.

Desesperada (deh-sehs-peh-RAH-dah) - Devastated

» La joven estaba desesperada cuando su amor se ahogó.

» The young woman was devastated when her love drowned.

Esperanza (es-peh-RHAN-zah) - Hope

» La joven nunca perdió la esperanza.

» The young woman never lost hope.

Sonreír (son-reh-EER) - Smile

» Ella siempre sonreía y decía, "Estoy esperando a mi amor".

» She always smiled and said, "I am waiting for my love".

Admirar (ad-mee-RHAR) - Admire

» Los visitantes a la ciudad a menudo se detienen a admirar su estatua.

» Visitors to the city often stop to admire her statue.

Questions/Preguntas

1. ¿De dónde proviene esta leyenda?

A. De la Ciudad de México

B. De Campeche

C. De California

2. ¿Qué representa la escultura en la ciudad de Campeche?

A. Un hombre esperando

B. Una mujer esperando

C. Un animal esperando

3. ¿Qué siente la mujer por el marinero?

A. Indiferencia

B. Alegría

C. Amor loco

4. ¿Qué hace el mar con el barco del marinero?

A. Lo ayuda a llegar a su destino

B. Lo destruye con una tormenta

C. Lo protege de la tormenta

5. ¿Qué hace la mujer todas las tardes?

A. Va de compras

B. Visita a amigos

C. Espera en la playa

Answers/Respuestas

1. B
2. B
3. C
4. B
5. C

Summary/Resumen

Una hermosa joven en Campeche es conocida por sus paseos por la costa y su belleza. Un día, se enamora de un marinero, pero el mar está celoso y separa a los dos amantes con una tormenta que hunde el barco del marinero. La joven espera su regreso todos los días en la playa hasta su muerte. Aún hoy, se puede ver su estatua esperando en el Malecón, recordando el poder del amor y la esperanza.

A beautiful young woman in Campeche is known for her strolls along the coast and her beauty. One day, she falls in love with a sailor, but the sea is jealous and separates the two lovers with a storm that sinks the sailor's ship. The young woman waits for his return every day on the beach until her death. Even today, her statue can be seen waiting on the Malecón, a reminder of the power of love and hope.

The Mulatto Woman of Córdoba

La mulata de Córdoba

In the Viceroyalty of Mexico, there was a legend that still haunts people to this day. This legend comes from the State of Veracruz, and it is a figure that is part of Mexican folklore, filled with tales of witchcraft and superstition.

Although there is no evidence of the existence of this woman, her figure has intrigued researchers and scholars for centuries. Her legend has also been the basis of works such as the homonymous opera premiered in 1948 and film versions.

The legend goes that in the 17th century, the city of Córdoba was founded, and a beautiful mulatto woman arrived there alone. All the men were immediately captivated by her beauty as she walked by. Soon, her presence in the city started to have mixed reactions. Some rejected her, and the superstitious people said that she had made a pact with the devil and had magical powers that allowed her to be in two places at the same time. However, others venerated her because they said she was virtuous in the arts of medicine and was capable of healing people with just herbs.

Before all the rumors could settle, the Holy Inquisition arrested her and sent her to the prison of San Juan de Ulua, accusing her of witchcraft. There she awaited her death at the stake, locked in her cell. One day, while the jailer on duty was asleep, she found a piece of charcoal and began to draw a ship on the wall in great detail. That night, while the jailer was still asleep, she disappeared into the ship she had drawn. The next day, the jailer was found clinging to the grating of the empty dungeon with a bewildered look on his face.

The jailer's story spread like gunpowder, and people whispered that the woman had made a pact with the devil and had used her magical powers to escape from the prison. Some even said that she had sailed away on the ship she had drawn on the wall, never to be seen again.

En el Virreinato de México, existía una leyenda que aún persigue a la gente hasta el día de hoy. Esta leyenda procede del Estado de Veracruz, y se trata de una figura que forma parte del folclore mexicano, lleno de historias de brujería y superstición.

Aunque no hay pruebas de la existencia de esta mujer, su figura ha intrigado a investigadores y estudiosos durante siglos. Su leyenda también ha sido la base de obras como la ópera homónima estrenada en 1948 y de versiones cinematográficas.

Cuenta la leyenda que en el siglo XVII se fundó la ciudad de Córdoba, a la que llegó sola una hermosa mulata. Todos los hombres quedaron inmediatamente cautivados por su belleza al verla pasar. Pronto, su presencia en la ciudad empezó a tener reacciones encontradas. Algunos la rechazaban, y los supersticiosos decían que había hecho un pacto con el diablo y que tenía poderes mágicos que le permitían estar en dos lugares al mismo tiempo. Sin embargo, otros la veneraban porque decían que era virtuosa en las artes de la medicina y que era capaz de curar a la gente sólo con hierbas.

Antes de que todos los rumores pudieran asentarse, la Santa Inquisición la detuvo y la envió a la prisión de San Juan de Ulúa, acusándola de brujería. Allí esperó su muerte en la hoguera, encerrada en su celda. Un día, mientras el carcelero de guardia dormía, encontró un trozo de carbón y empezó a dibujar un barco en la pared con todo lujo de detalles. Aquella noche, mientras el carcelero seguía durmiendo, desapareció dentro del barco que había dibujado. Al día siguiente, encontraron al carcelero aferrado a la reja del calabozo vacío con cara de desconcierto.

La historia del carcelero corrió como la pólvora, y la gente murmuraba que la mujer había hecho un pacto con el diablo y había utilizado sus poderes mágicos para escapar de la prisión. Algunos incluso decían que se había marchado en el barco que había dibujado en la pared, para no volver a ser vista.

Years went by, and people continued to talk about the beautiful mulatto woman and her mysterious powers. Some said that she was a witch who had made a deal with the devil, while others said that she was a saint who had been persecuted unjustly. However, one thing was certain: her legend had become part of the folklore of the region and would be passed down from generation to generation.

To this day, people still tell the story of the beautiful mulatto woman and her mysterious powers. Her legend continues to captivate the imagination of people, and it is a reminder that sometimes the truth is stranger than fiction. Although there is no evidence of her existence, her story lives on, and people still talk about her, trying to unravel the mystery that surrounds her.

Pasaron los años y la gente seguía hablando de la bella mulata y de sus misteriosos poderes. Algunos decían que era una bruja que había hecho un pacto con el diablo, mientras que otros decían que era una santa que había sido perseguida injustamente. Sin embargo, una cosa era cierta: su leyenda había pasado a formar parte del folclore de la región y se transmitiría de generación en generación.

Hoy en día, la gente sigue contando la historia de la bella mulata y sus misteriosos poderes. Su leyenda sigue cautivando la imaginación de la gente, y es un recordatorio de que a veces la verdad es más extraña que la ficción. Aunque no hay pruebas de su existencia, su historia perdura y la gente sigue hablando de ella, intentando desentrañar el misterio que la rodea.

Vocabulary/Vocabulario

Investigador (in-vehs-tee-gah-DOHR) - Researcher

» Su figura ha intrigado a investigadores y eruditos por siglos.

» Her figure has intrigued researchers and scholars for centuries.

Intrigar (in-tree-GAHR) - Intrigue

» Su leyenda también ha sido la base de obras como la ópera homónima estrenada en 1948.

» Her legend has also been the basis of works such as the homonymous opera premiered in 1948.

Siglo (SEE-gloh) - Century

» La leyenda cuenta que en el siglo XVII se fundó la ciudad de Córdoba.

» The legend goes that in the 17th century, the city of Cordoba was founded.

Mulato (muh-LAH-toh) - Mulatto

» Una hermosa mujer mulata llegó allí sola.

» A beautiful mulatto woman arrived there alone.

Cautivado (kauh-tee-VAH-doh) - Captivate

» Todos los hombres quedaron inmediatamente cautivados por su belleza.

» All the men were immediately captivated by her beauty.

Venerar (veh-neh-RAHR) - Venerate

» Algunos la veneraban porque decían que era virtuosa en las artes de la medicina.

» Some venerated her because they said she was virtuous in the arts of medicine.

Superstición (soo-pehr-stih-SYON) - Superstition

» Las personas supersticiosas decían que había hecho un pacto con el diablo.

» The superstitious people said that she had made a pact with the devil.

Inquisición (in-kee-see-SYON) - Inquisition

» La Inquisición la arrestó y la envió a la prisión de San Juan de Ulua.

» The Inquisition arrested her and sent her to the prison of San Juan de Ulua.

Carcelero (kar-ceh-LEH-roh) - Jailer

» Un día, mientras el carcelero estaba dormido, dibujó un barco en la pared.

» One day, while the jailer was asleep, she drew a ship on the wall.

Desaparece (deh-sah-pah-REH-seh) - Disappear

» Después desapareció en el barco que había dibujado.

» Then she disappeared into the ship she had drawn.

Questions/Preguntas

1. ¿En qué siglo se dice que llegó la mujer mulata a la ciudad de Córdoba?

A. Siglo XVI

B. Siglo XVII

C. Siglo XVIII

2. ¿Qué reacciones tuvieron los hombres con la presencia de la mujer mulata en la ciudad de Córdoba?

A. Todos la rechazaron

B. Algunos la rechazaron, otros la veneraron

C. Todos la veneraron

3. ¿Qué acusación hizo la Inquisición sobre la mujer mulata?

A. Brujería

B. Robar

C. Asesinato

4. ¿Qué encontró la mujer mulata en su celda en la prisión de San Juan de Ulua?

A. Papel y lápiz

B. Un trozo de carbón

C. Una pluma

5. ¿Qué sucedió con el carcelero mientras la mujer mulata estaba en su celda en la prisión de San Juan de Ulua?

A. Se escapó

B. Se quedó dormido

C. Desapareció en el barco dibujado en la pared

Answers/Respuestas

1. B
2. B
3. A
4. B
5. B

Summary/Resumen

La leyenda de la bella mulata es una figura del folclore mexicano que sigue cautivando a la gente hasta el día de hoy. Se trata de una hermosa mulata que llegó a la ciudad de Córdoba en el siglo XVII y causó un gran revuelo por sus poderes mágicos. Algunos la veneraban por sus habilidades en la medicina, mientras que otros la acusaban de brujería. La Santa Inquisición la detuvo y la envió a prisión, donde desapareció misteriosamente. La gente murmuraba que había hecho un pacto con el diablo y había escapado de la prisión. Hoy en día, la leyenda de la bella mulata sigue siendo un enigma que la gente sigue tratando de desentrañar.

The legend of the beautiful mulatta is a figure from Mexican folklore that continues to captivate people to this day. She was a gorgeous mulatta who arrived in the city of Córdoba in the 17th century and caused a great stir with her magical powers. Some revered her for her skills in medicine, while others accused her of witchcraft. The Holy Inquisition arrested her and sent her to prison, where she mysteriously disappeared. People whispered that she had made a pact with the devil and escaped from the prison. Today, the legend of the beautiful mulatta remains an enigma that people continue to try to unravel.

Popchón and Xulubchon

Popchón y Xulubchon

Once upon a time, the Tzotzil people lived in the central and north-central region of Chiapas, Mexico. They were a happy and prosperous people, with enough water resources to grow crops like corn and beans and to quench the thirst of both themselves and their animals.

But all was not well, for a giant aquatic serpent named Popchón lived in the Grijalva riverbed in the Sumidero Canyon. Popchón covered the riverbed with its big head, causing a devastating flood that inundated nearby towns and threatened the Tzotzil people's way of life.

The Tzotzil people's protectors, the vayijeltik or animal spirits, attempted to defeat Popchón, but were unable to do so. They then turned to the X'ob, the soul of the corn, for help. The X'ob was able to defeat the serpent and restore the flow of the river.

In this same region, another serpent, Xulubchón, was said to reside. Xulubchón was in charge of dividing mountains and hills so that streams could flow through, but also had the power to alter the course of rivers and invoke storms to clean the waters of the tributaries.

Despite his power, Xulubchón was not seen as a bad serpent by the Tzotzil people. Instead, he was said to bring rain to the planet, and was therefore an important part of their lives.

The Tzotzil people passed down this story of Popchón and Xulubchón from generation to generation, preserving their rich cultural heritage and the explanation of why rain is so important to their lives. They have always remembered the importance of the X'ob, who defeated Popchón and allowed the river to flow again, and the significance of Xulubchón, who brought rain to the planet.

Érase una vez, el pueblo tzotzil vivía en la región central y centro-norte de Chiapas, México. Era un pueblo feliz y próspero, con suficientes recursos hídricos para cultivar cosechas como el maíz y las judías y saciar la sed tanto de ellos como de sus animales.

Pero no todo iba bien, pues en el cauce del río Grijalva, en el Cañón del Sumidero, vivía una serpiente acuática gigante llamada Popchón. Popchón cubrió el cauce del río con su gran cabeza, provocando una inundación devastadora que anegó los pueblos cercanos y amenazó el modo de vida del pueblo tzotzil.

Los protectores del pueblo tzotzil, los vayijeltik o espíritus animales, intentaron derrotar a Popchón, pero no lo consiguieron. Entonces acudieron al X'ob, el alma del maíz, en busca de ayuda. El X'ob pudo derrotar a la serpiente y restablecer el caudal del río.

Se decía que en esta misma región residía otra serpiente, Xulubchón. Xulubchón se encargaba de dividir montañas y colinas para que los arroyos pudieran pasar, pero también tenía el poder de alterar el curso de los ríos e invocar tormentas para limpiar las aguas de los afluentes.

A pesar de su poder, los tzotziles no consideraban a Xulubchón una serpiente mala. Al contrario, se decía que traía la lluvia al planeta y, por tanto, era una parte importante de sus vidas.

El pueblo tzotzil transmitió esta historia de Popchón y Xulubchón de generación en generación, conservando su rico patrimonio cultural y la explicación de por qué la lluvia es tan importante para sus vidas. Siempre han recordado la importancia del X'ob, que derrotó a Popchón y permitió que el río volviera a fluir, y la importancia de Xulubchón, que trajo la lluvia al planeta.

Vocabulary/Vocabulario

Serpiente acuática (ser-pee-EHN-teh ah-KWA-tee-kah) - Aquatic serpent

» Un serpiente acuática gigante llamado Popchón vivía en el lecho del río.

» A giant aquatic serpent named Popchón lived in the riverbed.

Inundación (ee-noon-dah-SYON) - Flood

» La cabeza grande de Popchón cubría el lecho del río, causando una devastadora inundación.

» Popchón's big head covered the riverbed, causing a devastating flood.

Derrotar (deh-rroh-TAHR) - To defeat

» El X'ob fue capaz de derrotar a la serpiente y restaurar el flujo del río.

» The X'ob was able to defeat the serpent and restore the flow of the river.

Dividir (dee-vee-DEER) - To divide

» Xulubchón estaba a cargo de dividir montañas y colinas para que los arroyos pudieran fluir a través de ellas.

» Xulubchón was in charge of dividing mountains and hills so that streams could flow through them.

Poder (poh-DEHR) - Power

» Xulubchón tenía poder para alterar el curso de los ríos.

» Xulubchón had the power to alter the course of rivers.

Agricultura (ah-gree-kool-TOO-rah) - Agriculture

» Los Tzotzil tenían suficientes recursos de agua para la agricultura.

» The Tzotzil had enough water resources for agriculture.

Forma de vida (FOHR-mah deh VEE-dah) - Way of life

» La forma de vida de los Tzotzil estaba en peligro.

» The Tzotzil's way of life was in danger.

Patrimonio (pah-tree-MOH-nee-oh) - Heritage

» El patrimonio cultural de los Tzotzil es rico.

» The Tzotzil's cultural heritage is rich.

Questions/Preguntas

1. ¿De qué pueblo proviene la leyenda de Popchón y Xulubchón?

A. Zapoteco

B. Tzotzil

C. Maya

2. ¿Dónde vivían los antiguos Tzotzil?

A. En la región sur de Chiapas

B. En la región central y noreste de Chiapas

C. En la región oeste de Chiapas

3. ¿Quiénes ayudaron a los Tzotzil a derrotar a Popchón?

A. Los animales salvajes

B. Los vayijeltik

C. Los X'ob

4. ¿Cuál es la función de Xulubchón en la leyenda?

A. Divide montañas y colinas

B. Altera el curso de los ríos

C. Invoca tormentas

5. ¿Cómo finaliza la leyenda de Xulubchón?

A. Xulubchón es derrotado

B. Xulubchón trae la lluvia al planeta

C. Xulubchón desaparece

Answers/Respuestas

1. B
2. B
3. B
4. A
5. B

Summary/Resumen

Los Tzotzil eran un pueblo feliz y próspero que vivía en la región central y norte central de Chiapas, México. Contaban con suficientes recursos hídricos para cultivar alimentos y satisfacer sus necesidades. Sin embargo, un gran serpiente acuática llamada Popchón habitaba en el lecho del río Grijalva y causaba inundaciones en las ciudades cercanas. Los protectores no pudieron derrotar a Popchón, así que recurrieron a la ayuda del X'ob quien logró vencer a la serpiente y restaurar el flujo del río. Xulubchón controlaba la dirección de los ríos y provocaba lluvias para limpiar las aguas de los tributarios.

The Tzotzil were a happy and prosperous people living in the central and north-central region of Chiapas, Mexico. They had ample water resources for growing food and meeting their needs. However, a great aquatic serpent named Popchón dwelled in the bed of the Grijalva River and caused flooding in the nearby cities. The protectors could not defeat Popchón, so they turned to the help of X'ob who managed to conquer the serpent and restore the river's flow. Xulubchón controlled the direction of the rivers and caused rains to cleanse the waters of the tributaries.

The Tree of Love

El árbol del amor

The Tree of Love is a legend that has been passed down for generations in the city of Zacatecas. It dates back to the 19th century and the time of the French occupation and the Reform War. The story takes place in the Plaza Miguel Auza, a bustling city center that still exists today.

At the heart of the legend is a young woman named Oralia, who lived in a grand house in the city. She was known for her infectious joy and kindness, which drew many admirers to her. One of these admirers was a humble young man named Juan, who worked as a miner in the city. In his spare time, he would carry water for Oralia, and help her tend to the plants in her garden, including a special tree that she had planted and nurtured with great care.

Every day that Juan brought water to Oralia, he became more infatuated with her. Meanwhile, another young man named Philippe Rondé was also vying for Oralia's affection. Oralia felt torn and confused, unable to decide between the two men. One day, Philippe visited Oralia.

"Oralia, what's happening? Why are you crying?" asked Philippe, his voice full of concern.

Oralia, surprised by his presence, quickly dried her tears and looked towards the tree, then at Philippe. With a trembling voice, she replied:

"It's just that... I'm confused. My heart is divided between you and Juan, and I don't know whom to choose."

Philippe sat down beside her, looking at the white flowers that now adorned the tree. With a sigh, he said:

"Oralia, I want you to be happy, more than anything in this world. If your heart leans more towards Juan, I will accept your decision. What's important is that you follow your heart, wherever it may lead you."

El Árbol del Amor es una leyenda que se ha transmitido durante generaciones en la ciudad de Zacatecas. Se remonta al siglo XIX y a la época de la ocupación francesa y la Guerra de Reforma. La historia tiene lugar en la Plaza Miguel Auza, un bullicioso centro de la ciudad que sigue existiendo hoy en día.

En el centro de la leyenda hay una joven llamada Oralia, que vivía en una gran casa de la ciudad. Era conocida por su contagiosa alegría y amabilidad, que atraían hacia ella a muchos admiradores. Uno de estos admiradores era un joven humilde llamado Juan, que trabajaba como minero en la ciudad. En su tiempo libre, acarreaba agua para Oralia y la ayudaba a cuidar las plantas de su jardín, incluido un árbol especial que ella había plantado y cuidado con esmero.

Cada día que Juan llevaba agua a Oralia, se encaprichaba más de ella. Mientras tanto, otro joven llamado Philippe Rondé también se disputaba el afecto de Oralia. Oralia se sentía desgarrada y confusa, incapaz de decidirse entre los dos hombres. Un día, Philippe visitó a Oralia.

—Oralia, ¿qué sucede? ¿Por qué lloras? —preguntó Philippe, su voz llena de preocupación.

Oralia, sorprendida por su presencia, secó rápidamente sus lágrimas y miró hacia el árbol, luego a Philippe. Con voz temblorosa, respondió:

—Es solo que... estoy confundida. Mi corazón está dividido entre tú y Juan, y no sé a quién elegir.

Philippe se sentó a su lado, mirando las flores blancas que ahora adornaban el árbol. Con un suspiro, dijo:

—Oralia, quiero que seas feliz, más que nada en este mundo. Si tu corazón se inclina más hacia Juan, yo aceptaré tu decisión. Lo importante es que sigas a tu corazón, dondequiera que te lleve.

Oralia looked at him, impressed by his sincerity and generosity.

As she cried, the tree that Juan had helped her care for began to cry with her. Her tears turned into white flowers, and that was when Oralia knew she had to choose Juan.

"Philippe, your understanding and kindness only make this harder. But seeing these white flowers, I feel that the tree and Juan have cried with me, giving me a sign."

Philippe nodded, though the pain was evident in his gaze.

The next day, Philippe Rondé told Oralia he would return to his country, leaving her free to be with Juan. That night, she went to find Juan, and the two embraced and sealed their love with a kiss. From that day on, the Tree of Love became a symbol of love for all lovers in Zacatecas, who would come and stand under its branches to declare their devotion.

However, over time, the tree was cut down, to the sadness of the people of Zacatecas. But its legacy endured, as the story of the Tree of Love and the young lovers who found happiness under its branches was passed down from generation to generation. Today, the legend remains an important part of the city's cultural heritage and is celebrated every year in the city center.

Oralia lo miró, impresionada por su sinceridad y generosidad.

Mientras lloraba, el árbol que Juan le había ayudado a cuidar empezó a llorar con ella. Sus lágrimas se convirtieron en flores blancas, y fue entonces cuando Oralia supo que debía elegir a Juan.

—Philippe, tu comprensión y tu bondad solo hacen esto más difícil. Pero viendo estas flores blancas, siento que el árbol y Juan han llorado conmigo, dándome una señal.

Philippe asintió, aunque el dolor era evidente en su mirada.

Al día siguiente, Philippe Rondé dijo a Oralia que regresaría a su país, dejándola libre para estar con Juan. Esa noche, ella fue a buscar a Juan y los dos se abrazaron y sellaron su amor con un beso. A partir de ese día, el Árbol del Amor se convirtió en un símbolo de amor para todos los enamorados de Zacatecas, que acudían y se colocaban bajo sus ramas para declararse su devoción.

Sin embargo, con el paso del tiempo, el árbol fue talado, para tristeza de los zacatecanos. Pero su legado perduró, ya que la historia del Árbol del Amor y de los jóvenes amantes que encontraron la felicidad bajo sus ramas se transmitió de generación en generación. Hoy en día, la leyenda sigue siendo una parte importante del patrimonio cultural de la ciudad, y se celebra cada año en el centro de la ciudad.

Vocabulary/Vocabulario

Zacatecas (sah-kah-TEH-kahs) - Zacatecas

» Zacatecas es una ciudad famosa por su leyenda.

» Zacatecas is a city famous for its legend.

Siglo (SEE-gloh) - Century

» La leyenda data del siglo 19.

» The legend dates back to the 19th century.

Ocupación (oh-koo-pah-SYON) - Occupation

» La ocupación francesa es parte de la historia de la leyenda.

» The French occupation is part of the legend's history.

Guerra (GEH-rrah) - War

» La Guerra de Reforma también es parte de la historia.

» The Reform War is also part of the history.

Plaza (PLAH-sah) - Square

» La historia sucede en la Plaza Miguel Auza.

» The story takes place in Miguel Auza Square.

Centro (SEHN-troh) - Center

» La plaza es el centro bullicioso de la ciudad.

» The square is the bustling city center.

Mujer (moo-HEHR) - Woman

» La protagonista es una joven llamada Oralia.

» The protagonist is a young woman named Oralia.

Casa (KAH-sah) - House

» Oralia vivía en una casa grande en la ciudad.

» Oralia lived in a big house in the city.

Alegría (ah-leh-GREE-ah) - Joy

» Oralia es conocida por su alegría contagiosa.

» Oralia is known for her contagious joy.

Admirador (ahd-mee-rah-DOHR) - Admirer

» Juan es un joven humilde y admirador de Oralia.

» Juan is a humble young admirer of Oralia.

Minero (mee-NEH-roh) - Miner

» Juan trabaja como minero en la ciudad.

» Juan works as a miner in the city.

Árbol (AHR-bohl) - Tree

» El árbol especial es cuidado por Juan y Oralia.

» The special tree is cared for by Juan and Oralia.

Lágrimas (LAH-gree-mahs) - Tears

» El árbol llora lágrimas con Oralia.

» The tree cries tears with Oralia.

Beso (BEH-soh) - Kiss

» Juan y Oralia sellan su amor con un beso.

» Juan and Oralia seal their love with a kiss.

Questions/Preguntas

1. ¿De qué siglo es la leyenda del Árbol del Amor?

A. Siglo XV

B. Siglo XIX

C. Siglo XXI

2. ¿En qué ciudad tiene su origen la leyenda del Árbol del Amor?

A. Guadalajara

B. Zacatecas

C. Monterrey

3. ¿Quién es Juan en la leyenda del Árbol del Amor?

A. Un joven rico

B. Un joven humilde

C. Un joven alto

4. ¿Qué hacía Juan en las tardes después de trabajar en la mina?

A. Jugar al futbol

B. Entregar agua

C. Salir con amigos

5. ¿Qué hizo Oralia cuando se sintió confundida entre Juan y Philippe Rondé?

A. Habló con su madre

B. Se fue de la ciudad

C. Se sentó bajo la sombra de un árbol y lloró

Answers/Respuestas

1. B
2. B
3. B
4. B
5. C

Summary/Resumen

La Leyenda del Árbol del Amor data del siglo XIX y la época de la ocupación francesa y la Guerra de Reforma. La leyenda gira en torno a una joven llamada Oralia, conocida por su alegría y bondad, que atrajo a muchos admiradores. Uno de ellos era un humilde joven llamado Juan, quien trabajaba como minero y ayudaba a cuidar las plantas en el jardín de Oralia, incluyendo un árbol especial. Juan se enamoró de Oralia, pero también había otro joven llamado Philippe Rondé que buscaba su amor. Pero cuando el árbol que Juan ayudó a cuidar comenzó a llorar con Oralia, ella supo que debía elegir a Juan.

The Legend of the Tree of Love dates back to the 19th century, during the French occupation and the Reform War. The legend revolves around a young woman named Oralia, known for her joy and kindness, which attracted many admirers. One of them was a humble young man named Juan, who worked as a miner and helped tend the plants in Oralia's garden, including a special tree. Juan fell in love with Oralia, but there was also another young man named Philippe Rondé who sought her affection. But when the tree that Juan helped to care for began to weep with Oralia, she knew she had to choose Juan.

The Island of Dolls

La isla de las muñecas

The Island of the Dolls is an urban legend that has captured the imagination of many for over half a century. Located in the canals of Xochimilco, Mexico, the island has become a popular tourist destination for those seeking a glimpse into the mysterious and frightening. The origins of the legend date back to the 1950s when a man named Julián Santana arrived to the island.

It is said that one day, while fishing in the canals of Xochimilco, Julián heard the mournful wailing of a young girl who had drowned in the waters. The sound of her cries was so haunting that it left a lasting impression on him, and he was determined to do something to honor the girl and protect others from the same fate. He began to collect dolls from the surrounding area and started to place them all over the island, as a way to scare off any evil spirits that might be lurking in the waters.

Years went by and the island slowly transformed into a place filled with dolls of all kinds. Some were new and still in their packaging, while others were tattered and torn from years of exposure to the elements. The dolls were suspended from the trees and hung from the rafters, creating an eerie atmosphere that was both fascinating and terrifying.

Despite its macabre appearance, the island soon became a popular attraction for tourists who came from far and wide to see the collection of dolls. People came to the island to witness the dolls with their own eyes, to take photos and to hear the stories of the haunted place.

One day, a young couple visiting the island had a terrifying experience. They claimed to have heard the dolls speaking to them, and they saw the dolls' eyes follow them as they walked. They left island as fast as they could and never returned. The story of the talking dolls soon spread, and the island became even more famous.

La Isla de las Muñecas es una leyenda urbana que ha cautivado la imaginación de muchos durante más de medio siglo. Situada en los canales de Xochimilco, México, la isla se ha convertido en un popular destino turístico para aquellos que buscan echar un vistazo a lo misterioso y aterrador. Los orígenes de la leyenda se remontan a la década de 1950, cuando un hombre llamado Julián Santana llegó a la isla.

Se dice que un día, mientras pescaba en los canales de Xochimilco, Julián oyó los lamentos lastimeros de una niña que se había ahogado en las aguas. El sonido de sus gritos era tan inquietante que le causó una impresión duradera, y estaba decidido a hacer algo para honrar a la niña y proteger a otros del mismo destino. Empezó a recoger muñecas de los alrededores y a colocarlas por toda la isla, como forma de ahuyentar a los espíritus malignos que pudieran estar acechando en las aguas.

Pasaron los años y la isla se transformó poco a poco en un lugar lleno de muñecas de todo tipo. Algunas eran nuevas y aún estaban en su embalaje, mientras que otras estaban hechas jirones y desgarradas por años de exposición a los elementos. Las muñecas estaban suspendidas de los árboles y colgaban de las vigas, creando una atmósfera espeluznante que resultaba fascinante y aterradora a la vez.

A pesar de su aspecto macabro, la isla pronto se convirtió en una atracción popular para los turistas que venían de todas partes para ver la colección de muñecas. La gente acudía a la isla para presenciar las muñecas con sus propios ojos, tomar fotos y escuchar las historias del lugar embrujado.

Un día, una joven pareja que visitaba la isla tuvo una experiencia aterradora. Afirmaron haber oído que las muñecas les hablaban, y vieron que los ojos de las muñecas les seguían mientras caminaban. Se fueron de la isla tan rápido como pudieron y nunca regresaron. La historia de las muñecas parlantes pronto se difundió, y la isla se hizo aún más famosa.

However, there were others who remained skeptical of the legend, dismissing it as nothing more than a tourist trap. They claimed that the dolls were simply placed there by Julián as a way to draw attention to the island and make a living. They said that the stories of the talking dolls were simply made up to scare people and add to the mystique of the island.

Regardless of the truth behind the legend, the Island of the Dolls continues to be a popular destination for those seeking a glimpse into the mysterious and frightening. The dolls hang from the trees and the island remains as eerie and creepy as it was when it was first created by Julián Santana. The story of the Island of the Dolls is a testament to the power of the human imagination, and to the enduring appeal of legends that captivate the minds of people.

Sin embargo, hubo otros que se mantuvieron escépticos ante la leyenda, descartándola como nada más que una trampa para turistas. Afirmaban que las muñecas habían sido colocadas allí por Julián para llamar la atención sobre la isla y ganarse la vida. Decían que las historias de las muñecas parlantes se inventaron simplemente para asustar a la gente y aumentar el misticismo de la isla.

Independientemente de la verdad que se esconde tras la leyenda, la Isla de las Muñecas sigue siendo un destino popular para quienes buscan una visión de lo misterioso y aterrador. Las muñecas cuelgan de los árboles y la isla sigue siendo tan inquietante y espeluznante como cuando fue creada por primera vez por Julián Santana. La historia de la Isla de las Muñecas es un testimonio del poder de la imaginación humana y del atractivo perdurable de las leyendas que cautivan las mentes de las personas.

Vocabulary/Vocabulario

Isla de las Muñecas (EEHS-lah deh lahs moo-NYEH-kahs) - Island of Dolls

» Hay una isla llamada "Isla de las Muñecas" en México.

» There is an island called "Island of Dolls" in Mexico.

Urbano (oor-BAH-noh) - Urban

» La isla de las muñecas es una leyenda urbana.

» The Island of Dolls is an urban legend.

Canales (kah-NAH-lehs) - Canals

» La isla de las muñecas está en los canales de Xochimilco.

» The Island of Dolls is in the canals of Xochimilco.

Destino (dehs-TEE-noh) - Destination

» La isla de las muñecas es un destino popular para turistas.

» The Island of Dolls is a popular destination for tourists.

Misterioso (mees-teh-RYO-soh) - Mysterious

» La isla de las muñecas es misteriosa.

» The Island of Dolls is mysterious.

Aterrorizante (ah-teh-roh-ree-SAHN-teh) - Frightening

» La isla de las muñecas es atemorizante.

» The Island of Dolls is frightening.

Origen (oh-REE-hen) - Origin

» Los orígenes de la leyenda datan de los 1950s.

» The origins of the legend date back to the 1950s.

Pesca (PEHS-kah) - Fishing

» Julián estaba pescando en los canales de Xochimilco cuando escuchó los llantos.

» Julián was fishing in the canals of Xochimilco when he heard the cries.

Turista (tuhr-IS-tah) - Tourist

» Los turistas vienen de lejos para ver las muñecas.

» Tourists come from far away to see the dolls.

Techos (TEH-shohs) - Roofs

» Las muñecas colgaban de los árboles y los techos.

» The dolls were suspended from the trees and the roofs.

Escéptico (ehs-KEHP-tee-koh) - Skeptical

» Algunos son escépticos de la leyenda.

» Some are skeptical of the legend.

Questions/Preguntas

1. ¿Qué es La Isla de las Muñecas?

A. Un parque temático

B. Un lugar para pasar el tiempo

C. Una leyenda urbana en Xochimilco

2. ¿Desde cuándo existe La Isla de las Muñecas?

A. Desde la década de 1950

B. Desde hace 100 años

C. Desde hace 50 años

3. ¿Por qué el dueño de la isla recogió las muñecas?

A. Porque había oído el lamento de una joven que se ahogó allí

B. Porque le gustaban las muñecas

C. Para asustar a los espíritus malignos

4. ¿Cuál es el propósito de las muñecas en la isla?

A. Son un símbolo de paz y protección

B. Son una forma de entretenimiento

C. Son una adición decorativa

5. ¿Qué pueden esperar ver los visitantes en La Isla de las Muñecas?

A. Un lugar tranquilo y pacífico

B. Un lugar lleno de muñecas de todo tipo

C. Un lugar divertido para los niños

Answers/Respuestas

1. C
2. A
3. A
4. A
5. B

Summary/Resumen

La Isla de las Muñecas es una leyenda urbana que ha capturado la imaginación de muchos durante más de medio siglo. Situada en los canales de Xochimilco, México, la isla se ha convertido en un popular destino turístico para aquellos que buscan un vistazo a lo misterioso y aterrador. La leyenda se remonta a los años 50 cuando un hombre llamado Julián Santana descubrió la isla. Se dice que un día, mientras pescaba en los canales de Xochimilco, Julián escuchó los llantos lamentables de una niña que había ahogado en las aguas. La isla eventualmente se llenó de muñecas de todo tipo, y a pesar de su apariencia macabra, se convirtió en una atracción popular para los turistas.

The Island of the Dolls is an urban legend that has captured the imagination of many for over half a century. Located in the canals of Xochimilco, Mexico, the island has become a popular tourist destination for those seeking a glimpse into the mysterious and eerie. The legend dates back to the 1950s when a man named Julián Santana discovered the island. It is said that one day, while fishing in the canals of Xochimilco, Julián heard the woeful cries of a girl who had drowned in the waters. The island eventually became filled with dolls of all types, and despite their macabre appearance, it turned into a popular attraction for tourists.

Thank you!

We greatly value your feedback on this book and invite you to share your thoughts directly with us. As a growing independent publishing company, we continuously aim to improve the quality of our publications.

For your convenience, the QR code below will lead you to our website. There, you can leave feedback directly to us or find the link to the Amazon review page to share your experience and offer any suggestions for improvement. On our website, you can also view our related books and access free supplementary materials.

Related books

Made in the USA
Columbia, SC
26 August 2024

41174939R00098